살로메 유모 이야기

SAROME NO UBA NO HANASHI

by Nanami Shiono

Copyright © 1983 by Nanami Shiono

Original Japanese edition published by Chuokoron-sha Inc.
Korean translation rights arranged with Nanami Shiono
through Japan Foreign-Rights Centre

Published by Hangilsa Publishing Co., Ltd., Korea, 2004

塩野七生, 『サロメの乳母の話』, 中央公論社, 1983

시오노 나나미 에세이

살로메 유모 이야기

백은실 옮김

한길사

살로메 유모 이야기

지은이 · 시오노 나나미
옮긴이 · 백은실
펴낸이 · 김언호
펴낸곳 · (주)도서출판 한길사

등록 · 1976년 12월 24일 제74호
주소 · 413-832 경기도 파주시 교하읍 문발리 520-11
　　　 www.hangilsa.co.kr
　　　 E-mail: hangilsa@hangilsa.co.kr
전화 · 031-955-2000~3　　 팩스 · 031-955-2005

상무이사 · 박관순 | 영업이사 · 곽명호 | 편집주간 · 강옥순
편집 · 배경진 서상미 전상희 | 전산 · 한향림 김현정
마케팅 및 제작 · 이경호 | 관리 · 이중환 문주상 양미숙 장비연

출력 · DiCS | 인쇄 · 만리문화사 | 제본 · 경일제책

제1판 제1쇄 2004년 10월　5일
제1판 제2쇄 2004년 12월 15일

값 12,000원
ISBN 89-356-5961-4　03800

살로메 유모 이야기

오디세우스의 정숙한 아내

제 남편 오디세우스와 부하가 표류했다는 곳들이 어쩌면 그렇게도
한결같이 관능적인 지중해, 그중에서도 풍광이 뛰어나고
미인이 많기로 유명한 곳뿐일 수 있겠습니까?

20년! 세상에, 20년이나 됩니다. 제 남편 오디세우스가 집을 떠나 있던 기간 말입니다.

그중 10년은 트로이 전쟁으로, 그후 10년은 그 일로 신들의 노여움을 사 방랑생활을 하게 되었기 때문이지요. 20년 동안이나 집에 돌아오지 않는 남편을 한눈 한 번 팔지 않고 정절을 지키며 기다린, 여성의 귀감이라 할 만한 인물이 바로 저 페넬로페입니다.

제 남편 오디세우스가 트로이를 공격하러 가는 그리스 연합군에 가세하기 위해 이타카 섬의 병사들을 이끌고 출발한 것은 20년이나 전의 일이지만 마치 어제 일처럼 생생하게 떠오릅니다.

남편은 아르고스의 왕 아가멤논, 스파르타의 왕 메넬라오스, 그리스 최고의 무용(武勇)을 자랑하는 아킬레우스, 뛰어난 지혜의 소유자인 필로스의 영주 네스토르와 같은 당대 그리스에서 내로라하는 남자들과 함께 전장에 나갈 수 있게 되었다는 사실에 도취되어, 그리스군의 총대장인 아가멤논으로부터 참전하라는 전갈을 받고 나서 출정하는 바로 전날까지 마냥 들떠서 저에게 똑같은 말을 되풀이하곤 했습니다.

"페넬로페, 이건 신께서 내게 내리신 절호의 기회요. 남자에겐 평생에 꼭 한 번 재능을 발휘할 수 있는 기회를 부여하신단 말이오. 나한테는 이번 트로이 공격이 바로 그 기회라 할 수 있소. 맹세코 신의 이런 은총에 멋지게 보답할 테니 잘 지켜보도록 하구려. 그리스 전역에 반드시 이타카의 왕 오디세우스의 명성을 떨치고야 말 테니 말이오."

그렇듯 확신에 넘쳐 빛나는 남편의 눈동자는 몇 해 전 스파르타로 저를 찾아와 이렇게 말하던 때와 똑같았습니다.

"촌구석이라 생각하지 말고 나와 결혼해 이타카에서 삽시다. 그대를 반드시 행복하게 만들어주겠소. 오디세우스의 아내 페넬로페의 이름을 사람들이 입에 담을 때 경의와 동경심이 저절로 마음속에서 우러나도록 만들 테니까."

그이는 무엇이든 한 가지 일에 열중하면 상대방도 같이 도취하게끔 만드는 구석이 있었습니다.

그런 오디세우스였기에 총대장 아가멤논이나 부대장 메넬라오스가 아시아의 최대 도시 트로이를 공격하러 가는 이번 전쟁을 어떤 심정으로 시작했는지 따위는 전혀 관심이 없었을 것입니다. 그리스 전체와 아시아를 대표하는 트로이가 충돌하는 역사적 사건인 트로이 전쟁에 참가할 수 있게 된 것만으로, 한낱 이타카 섬의 영주로 파묻혀 지내던 제 남편 오디세우스의 마음속에는 공식적인 자리에서 자신이 지니고 있는 기량을 한껏 발휘할 수 있다는 기대감만이 크게 자리잡고 있었을 테니까요.

물론 머리가 비상한 오디세우스입니다. 트로이의 왕자 파리스와 불륜에 빠져, 남편과 조국을 버리고 젊은 애인과 도주한 스파르타의 왕비 헬레나를 되찾아오기 위해 트로이로 진격하는 스파르타의 왕 메넬라오스에게는 왕비에 대한 사랑은 털끝만큼도 없고, 그저 자신의 명예를 훼손시켰다는 증오심만이 가득 차 있다는 사실도 잘 알고 있었습니다. 또한 메넬라오스의 형이자 아르고스의 왕인 아가멤논이 그리스 전역에 트로이 공격군의 결성을 호소한 진의가, 각별히 우애가 깊지도 않은 동생의 명예를 회복시켜 주고자 하는 것이 아니라, 이번 기회에 아시아 최대의 풍요로운 도시 트로이를 공격해 그 막대한 부(富)를 제것으로 만들려는 점에서 비롯되었다는 사실도 오디세우스는 훤히 꿰뚫고 있었습니다.

그러기에 오디세우스가 아킬레우스처럼 더 이상 이름을 알리려 애쓸 필요가 없을 정도로 명성이 자자했더라면, 아가멤논으로부터 그리스군에 참전하라는 말에 여장(女裝)을 하고 여자들 속에 숨어 참전을 꺼렸던 아킬레우스와 마찬가지로 오디세우스 역시 너무나도 간단히, 더구나 서둘러 트로이로 가지는 않았을 것입니다. 그러나 오디세우스는 그리스의 변방이나 다름없는 작은 섬 이타카의 영주. 평소에도 자신의 재능을 이 작은 세계에서는 다 발휘할 수 없다는 조바심을 안고 있었습니다.

트로이 전쟁에 불참을 선언한 아킬레우스에게 갖은 책략을 써서 참전하게 만든 것도 남편 오디세우스입니다.

그리스 연합군에 아킬레우스가 참전하느냐 안 하느냐는 총대장인 아가멤논으로선 그리스의 전력을 좌지우지하는 중대사였습니다만 오디세우스에게는 그런 건 문제가 되지 않았습니다.

그보다 평생에 단 한 번 남자로서 승부를 걸려고 하는 상황에서 그리스의 영웅 아킬레우스가 참가하지 않는 그리스군 따위는 아무튼 화룡점정을 빠뜨리는 격이 되어 아무런 의미가 없는 것입니다. 오디세우스의 입장으로는 무슨 일이 있어도 아킬레우스가 참전해야만 했으며, 그것을 실현시키기 위해서는 아가멤논이 감사해 마지않았을 정도로 무던히 애를 썼던 것입니다.

정말 제 남편이지만 그이처럼 머리 회전이 빠르고 복잡한 사람은 보기 힘들 것이라고 감탄하지 않을 수 없습니다. 지혜의 여신 아테나가 오디세우스를 아주 마음에 들어한다는 소문도 그저 빈말만은 아니라는 생각이 들 정도로 말입니다.

그 덕분에 아내인 저 역시 사람의 의표를 찌르고 또 그 이면을 보는 데 뛰어난 오디세우스식의 사고방식에 물들고 만 것 같습니다. 부부가 되면 어쨌건 서로 닮은꼴이 되어가는 것일까요? 시인 호메로스는 제 이름을 읊을 때 '총명한 페넬로페……' 이런 식으로 총명하다는 수식어를 붙일 정도입니다. 여자에게는 그다지 기분 좋은 형용사는 아닌 것 같은데 말입니다.

트로이 전쟁이 계속되던 10년은 남편 없이 이타카를 홀로 지키는 저에게는 기쁜 일이 많아 그리 길게만은 느껴지지 않은 세월이었습니다.

남편이 출전한 지 얼마 안 되어 태어난 아들 텔레마코스를 키우는 데 정신이 없었기 때문이기도 합니다. 건강하고 심성도 곱게 성장해가는 텔레마코스의 모습은 늘 함께 있는 저에게 날마다 신선감을 주어 아이를 가진 어머니가 느낄 수 있는 행복을 한껏 만끽하는 나날들이었습니다.

흔히들 말하지 않습니까. 여자가 아이를 가지면 남편은 안중에서 없어진다고. 내놓고 말할 수는 없지만 제게도 똑같은 상황이 벌어진 셈이지요. 성장해가는 아들을 바라보고 있노라니 예전에는 그토록 소중하기만 했던 남편의 존재가 무덤덤하게 느껴져 제 자신도 놀라울 정도였답니다.

전장에 있는 오디세우스의 안부가 걱정되지 않은 건 아니었지만 그는 홀로 멀리 떨어져 있어도 충분히 잘해나갈 수 있으리라는 안도감을 주는 타입의 남자였습니다. 그 머리 좋은 사람이 절대로 쉽게 죽을 리 없다, 이것을 신뢰라고 부를 수 있을지 아니면 뭐라 표현해야 좋을지 모를 애매모호한 감정을 불러일으키는 그런 남편이기에 별 수 없는 노릇입니다.

그래도 남편 오디세우스는 이국 트로이의 전장에서 인편을 통해 제게 여러 가지 소식을 전하곤 했습니다.

트로이 전쟁은 그리스 사람과 트로이 사람들만의 싸움이 아니라 올림포스의 신들도 두 편으로 나뉘어 싸우고 있으며, 아폴론과 비너스가 트로이군 측을, 아테나와 헤라가 그리스군 측을 응원하고 있다는 소식을.

그 때문에 전황은 일진일퇴. 트로이의 방위군은 프리아모스 왕의 첫 번째 왕자로 파리스의 형인 헥토르의 뛰어난 지휘 아래 있어 만만치 않은 상대이며, 이에 그리스군은 고전을 면치 못하고 있다는 소식.

총대장 아가멤논과 아킬레우스의 사이가 틀어져 아킬레우스가 전선에서 이탈했고, 그후 그리스군의 열세는 이루 다 헤아릴 수 없으며, 병사들의 대다수가 이제는 패전을 인정하고 귀국할 수밖에 없지 않을까 걱정하고 있다는 소식.

오디세우스 자신은 이 혼미함 속에서도 그리스의 무장 중 유일하게 침착하고 냉정한 지휘관으로서 두각을 나타내 이제 아가멤논과 아킬레우스마저 무시하지 못하는 존재가 되었다는 소식 등.

이러한 내용의 편지를 받아들 때마다 기쁘다기보다 과연 그이답게 행동하고 있다는 생각이 앞선 적이 많았습니다.

적장(敵將) 헥토르의 전사, 그리스 제일의 무장 아킬레우스의 전사를 알린 편지가 도착하고 나서 얼마나 시간이 흘렀을까요, 트로이 함락의 소식이 이타카에 전달되기까지는.

이 소식에서 오디세우스는 열세에 빠져 있던 그리스군을 도와 트로이를 함락시킨 첫 번째 공로자는 바로 자신이라고 자랑스레 내세우고 있었습니다. 그리고 저 유명한 목마의 계략에 대해서도 득의양양하게 이런 식으로 적었습니다.

내가 고안해서 선장(船匠) 에페우스에게 명령해 만들어낸 거대한 목마는 바라보기만 해도 훌륭한 작품이었소. 나는 그리스군 중에서 특히 용감한 병사만을 골라 그 안에 숨도록 하였지. 그리고 나서 그것을 한밤중에 트로이 성문 앞에 몰래 팽개쳐 놓았다오. 나머지 그리스 군사들은 퇴각하는 것처럼 꾸며 해변에서 멀리 떨어져 트로이의 제아무리 높은 탑에서도 보이지 않는 인접한 테네도스 섬에 숨게 했소.

새벽녘 목마를 발견한 트로이 사람들은 부근에 그리스군의 모습이 보이지 않으니 어찌된 영문인지 몰라 목마를 둘러싸고 너나없이 떠들어댔소.

적의 병사가 숨어 있을지 모르니 창으로 목마의 옆구리를 찔러보자고 말하는 사람이 있었다오.

높은 벼랑 위로 끌고 가서 내던지자는 사람도 있었지.

이것은 신들의 노여움을 풀기 위해 바치는 공물로 그리스인들이 두고 간 것이 틀림없으니 성안으로 들여가 축제를 벌여야 한다는 사람도 있었소.

밖에서 떠들어대는 소리는 목마 안에서도 잘 들렸지. 결국 대다수의 트로이 사람들은 세 번째 의견에 동의한 듯했소. 목마를 끌고 들어가 트로이의 중앙 광장에 안치해놓았으니 말이오.

이날 밤은 승리를 자축하는 잔치를 벌이며 밤늦도록 떠들썩했다오. 그리스군이 10년 동안 싸워 이기지도 못하고 떠나버렸으니, 헥토르의 전사 등 많은 사람을 잃은 트로이 사람들로서는 너무나 기뻐 어쩔 줄 몰랐을 것이오. 하지만 그러는 사이 우리 그리스 병사는 목마 안에서 꼼짝하지 않고 먹지도 마시지도 못한 채 참을성 있게 때가 오기만을 기다렸던 것이오.

밤이 이슥해 사방이 깊은 잠 속에 빠져 있는 것을 확인하고 나서 목마의 배에 달린 비밀의 문을 살그머니 열고 그리스 병사는 한 사람씩 밖으로 빠져나왔지. 그리고 파수병을 해치우고 성문을 안쪽에서 여는 데 성공했소. 테네도스 섬에 숨어 기다리고 있던 그리스 전군(全軍)은 그 무렵에는 이미 트로이 성벽 앞에 당도해 있었지.

다음 일은 일일이 설명할 것까지도 없을 것이오. 곤히 잠들어 있던 트로이 사람들은 생각지도 못한 기습을 받아 저항다운 저항 한 번 하지 못했다오. 우리 그리스군 앞에는 도망치려 허둥대는 군중이 있을 뿐이었소. 10년이라는 기나긴 세월 동안 우리를 무던히 애먹이던 트로이도 결국은 그렇게 허망하게 무너진 것이오. 프리아모스 왕과 파리스 왕자, 그 밖의 트로이의 중요 인물들이 많이 전사했소.

당신의 남편 오디세우스는 트로이 함락의 최고의 수훈자로서 트로이의 막대한 부를 분배받았소. 나보다 많은 전리품을 얻은 사람은 총대장 아가멤논 정도일 것이오. 이 물품들을 가지고 지금 당장 고국 이타카로 돌아갈 생각이오. 당신도 그리스군 최고의 지혜로운 장수 오디세우스를 남편으로 모시게 된 것을 자랑스럽게 여길 것이라 생각하오. 그럼 머지않아 만나게 될 날을 기약하며.

이 같은 편지가 도착하고 나서 열 살이 된 텔레마코스에게 아버지가 이제 곧 돌아오실 거라고 이야기하며 기다리고 있었는데, 남편은 귀국을 하지 않는 것이 아니겠습니까. 뿐만 아니라 트로이 전쟁 10년 동안 끊임없이 전황이나 자신의 수훈 등을 상세하게 알려오던 오디세우스가 이 편지를 끝으로 소식이 끊어진 것입니다. 트로이를 출항하여 귀로에 올랐는지 여부조차 알 수 없는 실정. 마치 증발이라도 한 것 같았습니다.

그러는 사이 필로스에 네스토르 왕이 귀국했다는 소식을 풍문을 통해 들었습니다.

또한 테살리아에는 트로이에서 전사한 아킬레우스의 아들이 귀국했다는 소식도 들었습니다.

그리고 메넬라오스 왕이 헬레나 왕비를 데리고 귀국해 한창 열광해 있는 스파르타에서 온 한 나그네를 통해 그 끔찍스러운 소식도 들었습니다.

그리스군 총대장이며 아르고스의 왕인 아가멤논이 수도 미케네에 개선하자마자 부정(不貞)한 아내 클리템네스트라에 의해 욕실에서 암살당했다는 끔찍한 사건 말입니다.

저는 부정을 저지른 클리템네스트라나, 남편을 버리고 애인과 함께 도주한 스파르타의 헬레나를 악녀라고 생각한 적은 없습니다. 그런 일로 아트레우스 가(家)의 두 형제가 신의 저주를 받고 있는 것이라고 생각한 적도 없습니다. 그보다 그리스군의 세 명의 중요인물 중 무용으로는 제일인자인 아킬레우스는 이미 전사했고, 총대장 아가멤논도 불의의 최후를 맞았으며, 남은 사람은 그리스군 최고의 지장(智將)으로 이름난 제 남편 오디세우스뿐이라는 사실이었습니다. 그런데 오디세우스의 행적을 아는 사람은 아무도 없었습니다.

아가멤논의 죽음을 전하러 스파르타에서 온 나그네는 제 귓가에 대고 이렇게 불길한 말을 속삭이는 것이 아니겠습니까.

"트로이 전쟁의 용사들은 모두 신의 저주를 받아 결국은 죽는다는 소문이 있더군요."

일년이 지나자 남편이 이미 이 세상 사람이 아니라는 생각이 들 때가 많아졌습니다.

그 무렵부터입니다. 저에게 재혼하자며 다가오는 남자들이 나타난 것은.

모두 이타카나 인근 섬의 영주들로 처음엔 친근하게 저를 위로하는 듯한 분위기로 프러포즈를 하는 것이었습니다.

"여자 혼자 몸으로 아이를 키우며 이타카 섬을 이끌어 나가려니 고생이 많을 것입니다. 오디세우스 님의 소식이 묘연하니 이제는 돌아가셨다고 생각할 수밖에 없겠지요."

"아직 사망했다는 소식을 듣지 않은 이상 남편의 장례식을 치를 수는 없습니다. 장례식을 치르지 않은 한 미망인이 아니며, 재혼 같은 건 더더욱 생각조차 할 수 없습니다. 게다가 어린 아들 텔레마코스도 있습니다."

제가 이렇게 대답하자 그때는 순순히 물러났습니다.

그런데 2년이 지나자 그 사람들의 태도는 차츰 노골적으로 변해가기 시작했습니다. 이제 뭐라 변명을 해도 호락호락 물러나지 않았습니다. 저는 생각다 못해 평소에 사용하는 베틀을 가리키며 말했습니다.

"크고 아름다운 옷감을 짜겠습니다. 그 일이 끝날 때까지 지금 이야기는 없었던 것으로 해주세요."

여기에 대해 아무도 불만을 토로할 수 없었기에 구혼자들은 모두 그때까지 기다려 주기로 했습니다.

제가 클리템네스트라나 헬레나와는 달리 아주 보기 드물게 절 개 있고 정숙한 여자였던 것은 아닙니다. 행방불명이 된 남편을 언제까지고 마냥 기다릴 수 있을 정도로 강인한 정신의 소유자 도 아닙니다. 단지 구혼자들 중 누구 한 사람 제 마음을 끌 정도 의 남자가 없었던 점과, 그토록 영리한 오디세우스가 트로이와 이타카를 사이에 둔 바다에 맥도 못 추고 쉽사리 빨려 들어가지 는 않았을 것이라는 생각이 재혼의 결심을 주저하게 만든 진정 한 이유였습니다.

3년쯤 지나자 저의 계략을 구혼자들이 눈치채고 말았습니다. 저의 계략이란 낮에 짠 옷감을 밤이 되면 풀어버리는 것이었습 니다. 남모르게 숨겨왔던 이 일이 마침내 발각된 것입니다.

"어쩐지 아무리 시간이 지나도 완성되지 않아 이상하게 여기 고 있었소."

구혼자들은 몹시 분노했습니다. 그후 막무가내로 재혼을 강요 하며, 끝내는 저와 텔레마코스가 지키고 있는 저택 안으로 들어 와 아예 살다시피 하며, 밤이면 밤마다 잔치를 벌이고 오디세우 스의 음식을 마음대로 먹고 마시는 지경에 이르렀습니다. 저로 서는 어찌해야 좋을지 속수무책이었으며, 아들 텔레마코스가 화를 내도 달랠 수밖에 없었습니다.

"네게 만약 무슨 일이라도 생기는 날엔 난 더 이상 살 수가 없 을 거야."

심성이 곧은 아들은 어머니의 구혼자들의 횡포를 견딜 수 없 었나 봅니다. 저에게 행방불명된 아버지를 찾으러 가겠다는 말을 꺼냈습니다.

"조심해서 다녀오렴. 우선 트로이에서 귀환하신 필로스의 네스토르 님과 스파르타의 메넬라오스 왕을 찾아가 아버지의 소식을 여쭤 보거라."

이것이 어머니로서 제가 해줄 수 있는 유일한 말이었습니다.

텔레마코스가 출발한 지 일년이 채 안 된 어느 날, 세상에, 오디세우스가 홀연히 나타났지 뭡니까. 그것도 제게 바로 달려온 것이 아니라 돼지치기인 엠마이오스에게 먼저 들렀습니다. 돼지치기의 개는 동물 특유의 예민한 감각 때문인지 옛 주인을 금방 알아보았다고 합니다.

그곳에서 막 귀국한 아들 텔레마코스와 맞닥뜨린 오디세우스는 자신이 이미 이타카에 와 있다는 사실을 아들을 통해 넌지시 알려왔습니다.

그런 다음에야 남편은 늙고 남루한 거지꼴을 하고 제게 온 것입니다. 저택 안에서 진을 치고 있는 난폭한 구혼자들의 눈을 속이기 위해서였다고 합니다. 오디세우스의 소식을 잘 알고 있으니 꼭 알리고 싶다고 간청하며 제 눈앞에 나타난 것입니다.

20년이라는 세월이 흘렀으니 자기 남편을 한눈에 알아보지 못하더라고 호메로스는 적고 있지만 천만에요, 저는 단박에 오디세우스라는 걸 알았습니다. 그의 발을 닦아주곤 하던 나이든 유모가 예전부터 나 있던 발의 상처를 보고 제게 눈짓으로 알려주기 전부터 눈앞에 있는 거지꼴의 사내가 오디세우스라는 걸 알아보았던 것입니다.

제가 여보, 라고 외치며 품속으로 뛰어들지 않았던 것은 오디세우스를 잘 알고 있다는 그 거지, 실은 오디세우스 본인이 이야기하기 시작한 표류기를 듣고 있는 동안 마음이 굳어지고 말았기 때문입니다. 거지꼴로 나타난 오디세우스는 다음과 같이 말했습니다.

트로이의 수도가 함락된 후, 트로이 전쟁의 일등 공신인 오디세우스는 트로이 측을 편든 신들의 노여움에서 벗어날 수 없었다는 것. 특히 신들 중 최고의 신 제우스와 바다의 신 포세이돈의 노여움은 엄청나 트로이에서 이타카로 향하던 오디세우스와 그 부하들이 탄 배는 부득이하게 표류해야만 했다는 것.

도중에서 만난 여신 칼립소는 오디세우스를 남편으로 삼겠다고 붙잡아두었으나 갖은 책략을 동원해 뿌리치는 데만 7년이 걸렸다는 것.

간신히 빠져나와 다시 항해를 시작했으나 이번에도 신의 노여움으로 또다시 표류하다 키콘족들의 섬에 표착하기도 하고, 연꽃을 먹고 사는 인종들의 섬에도 상륙했다는 것. 그 사람들이 먹는다는 꽃을 먹으면 누구라도 고향을 잊고 귀향할 생각이 사라지는지 오디세우스는 고국에 돌아가지 않겠다는 부하들을 억지로 배에 태워 돌아와야만 했다는 것.

또 불사신들이 지배하는 키클롭스 섬에 표착한 일도 있는데, 그들은 인육을 먹는 인종으로 그 눈을 찌르고 섬에서 탈출하는 데 성공했다는 것.

그러나 마법의 여신 키르케가 사는 섬에 표착했고, 오디세우스를 남편으로 삼으려는 키르케에 의해 부하들은 돼지가 되고 말았다는 것.

그후 오디세우스는 돼지로 변하지 않기 위해 혼자 벌거숭이가 된 채 잠자리에 들라는 키르케의 말에 그대로 복종할 수밖에 없었다는 것.

가까스로 키르케의 유혹을 뿌리치고 출항한 뒤 지중해 끝에 있는 사자(死者)의 나라에 표착하기도 해 좀처럼 이타카로 돌아올 수 없었다는 것. 사자의 나라에서는 돌아가신 어머니의 영혼과 트로이 전쟁에서 죽은 수많은 영웅들과 재회하기도 했다는 것. 특히 아킬레우스, 아이아스의 영혼과는 오랜만에 이야기를 나누었다는 것.

오디세우스, 아니 거지의 이야기는 끊이질 않았습니다. 그의 말로는 이건 전부 오디세우스의 지혜를 증오한 신들의 노여움의 결과일 뿐, 오디세우스 자신은 단 한시도 고국과 아내 페넬로페를 잊은 적이 없으며, 10년 동안의 표류생활 내내 고국에 돌아가고 싶어 눈물을 흘리며 지냈다고 합니다.

아무리 그래도 오디세우스와 부하가 표류했다는 곳들이 어쩌면 그렇게도 한결같이 관능적인 지중해, 그중에서도 특히 풍광이 뛰어나며, 기후가 온난하고 온갖 산해진미가 넘쳐나는데다 미인이 많기로 유명한 곳뿐일 수 있겠습니까. 만일 표류지가 태양이 이글거리는 사막이나 납빛으로 넘실거리는 북쪽 바다였다면 저 역시 신들의 노여움 때문이었다고 믿었겠지요.

게다가 남편의 이야기에는 증인이 한 명도 없습니다. 부하들은 식인종인지 외눈의 거인인지가 먹어치웠다거나 해서 이타카에 돌아온 사람은 오디세우스 혼자뿐이었으니까요. 사실은 칼립소인지 키르케인지 하는 여자들에게 정신이 홀려 고국에 돌아올 생각이 사라졌던 게 틀림없습니다.

저로서는 트로이 함락이라는 큰 위업을 마치고 바로 귀국할 마음이 사라진 오디세우스가 부하들과 함께 지중해의 여기저기를 돌아다니다 귀가가 늦어진 것이라는 결론에 도달했습니다. 그 기상천외한 표류기도 한눈 팔다 돌아온 것을 정당화하기 위해 꾸며낸 이야기임에 틀림없습니다. 목마의 계략을 떠올릴 정도의 남자입니다, 오디세우스라는 남자는. 그렇기는 해도 10년이라니, 얼마나 오랜 세월 동안의 한눈 팔기입니까.

자신을 오디세우스라고 밝혔음에도 태도가 바뀌지 않는 저를 보고 남편은 이런 식으로 말했습니다.

"당신은 참 특이한 여자야. 올림포스의 신들은 틀림없이 당신에게 연약한 보통 여자들보다 훨씬 더 강인한 마음을 주신 것 같소. 그 어떤 여자도 갖은 고초를 겪고 20년 만에 고국에 돌아온 남편한테 이리도 박정하게 시치미떼고 떨어져 있지는 않을 것이오."

뭐가 갖은 고초를 겪은 20년이란 말인가요. 그 소리야말로 바로 제가 하고 싶었던 말이지요.

어찌 되었든 돌아온 건 사실입니다. 칼립소든 키르케든 그런 여자들 이야기는 잊기로 했습니다. 저희 두 사람은 그날 밤, 20년

만에 처음으로 달콤한 사랑을 나누었습니다.

난폭한 구혼자들이 오디세우스의 지혜와 용맹에 의해 전멸된 것은 말할 것도 없습니다.

이상이 오디세우스의 표류기를 읊은 호메로스의 설(說)에 대한 페넬로페의 주장입니다. 세계고전문학도 여자의 입장에서 보면 딴 이야기가 된다는 하나의 예로…….

지은이 주 어느 영국의 학자가 기술한 바에 의하면 이 부부는 남편이 귀국한 후 얼마 지나지 않아 이혼했으며, 페넬로페는 고향인 스파르타로 돌아갔다고 한다. 만일 이 학설이 옳다면 자주 집을 비우던 남편이 갑자기 집에 눌러앉기 시작하는 현상의 위험성은 3천 년 전부터 변하지 않고 있다는 뜻이 되는 게 아닌가.

살로메 유모 이야기

달빛이 환하게 내리비치는 연회장 중앙에 선 공주님은
성숙한 여인의 아름다움을 발하고 있었습니다.
취한 듯 정적이 감도는 가운데 춤사위가 시작되었습니다.

공주님에 대해서는 이야깃거리가 참 많습니다. 이분처럼 잘못된 소문으로 분분한 사람도 흔치 않을 것입니다.

저는 뭐든지 알고 있습니다. 공주님이 태어났을 때부터 줄곧 곁에서 보살펴드리고 있으니까요. 그렇다고 해서 젖을 물린 적은 없습니다. 공주님께 젖을 준 사람은 유대인 양치기의 아내로 무지하고 인사 하나 변변히 못하는 위인이었으나, 건강한데다 좋은 젖이 많이 나오기 때문에 헤로디아 님이 태어날 아기를 위해 미리 고용해둔 여자였습니다. 덕분에 저의 임무는 공주님에게 젖을 물리는 일만 빼고 온갖 시중을 드는 것이었습니다.

미리 말씀드리지만, 저는 유대 태생이 아닌 이집트 여자입니다. 더구나 여왕 클레오파트라의 궁정에 있던 궁녀와 로마 기사(騎士) 사이에서 태어난 저의 혈관 속에는 명예로운 이집트 여인과 강한 로마 남자의 피가 흐르고 있지요.

공주님은 정말이지 저 혼자 도맡아 길렀습니다. 어머니인 헤로디아 님은 머리끝에서 발끝까지 여자라는 존재 그 자체로 살고 싶어했기에 딸이 있다는 사실조차 잊고 있을 때가 많지 않나 합니다. 첫 남편인 필립보 님과 결혼했을 때는 필립보 님만 생각했고, 그후 필립보 님의 동생인 헤로데 왕과 결혼하고 나서는 헤로데 왕만이 머릿속에 꽉 차 있을 정도였습니다. 딸의 양

육 따위 안중에 없어 제게 전부 떠맡기고 만 것입니다.

공주님은 부모님의 무관심 속에서도 총명하고 아름답게 자랐습니다. 저를 유모, 유모 하며 잘 따랐고, 그럴 때마다 사랑스러움과 더불어 무거운 책임감도 느끼곤 했습니다.

공주님이 열다섯 살이 된 해였습니다. 그해의 유대는 예년과 달리 세상이 어수선해 사해(死海) 근처에 예언자가 나타났다거니, 메시아가 나타나는 것도 시간문제라거니 하면서 사람들은 모이기만 하면 이런 소문으로 웅성거렸습니다. 세상과는 동떨어진 궁중에도 바깥의 불온한 동향은 어느 정도는 전해지는 법이지요. 여자 노예들이 말대꾸를 하거나 마부가 말의 손질을 제대로 하지 않아 헤로데 왕의 기분이 상하는 날이 적지 않았습니다. 유대인의 왕이라고는 하나 강대한 로마 제국으로부터 통치를 위탁받은 것과 다름없는데다가, 반로마 감정이 강한 백성들을 무시할 수도 없어, 이런 일들이 아니어도 골치 아픈 일이 끊이지 않는 분이었습니다.

그런데 사해 근처에 나타났다는 예언자가 헤로데 왕을 지명해 공공연히 공격하기 시작한 것입니다.

"조카이자 형수인 헤로디아를 아내로 맞은 헤로데 왕은 모세 율법을 위반한 죄인이다."

헤로디아 님의 아버지와 헤로데 왕은 형제지간이라 하나 어머니가 다릅니다. 또한 형수를 아내로 맞았다고는 하나, 남편에게 버림받은 형수를 동생이 동정했고 그 마음이 자연스럽게 사랑의 형태로 발전했기에 그렇게 비난받을 만한 일은 아니라고 저는 생각합니다. 그러나 인간적인 정보다는 율법을 우선으로 치는 엄격한 유대인들이 보기엔 비난받아 마땅한 일이었겠지요. 집중적인 공격의 화살을 받는 헤로데 왕 역시 유대인의 한 사람임엔 틀림없었습니다.

헤로데 왕은 이 요한이라는 이름의 남자가 머릿속에서 떠나질 않아 사람을 시켜 여러 가지 조사를 한 듯했습니다.

선왕인 헤로데 대왕 시대에 즈가리야라는 사제와 그의 아내 엘리사벳이 있었습니다. 둘 다 신의 율법을 지키며 바르게 살았는데, 엘리사벳은 석녀여서 아무리 원해도 아이가 생기지 않아 그대로 나이를 먹어 늙고 말았습니다. 그러던 어느 날, 즈가리야 앞에 천사 가브리엘이 나타나 이렇게 고했다는 것입니다.

"두려워 마라, 즈가리야. 네 소망을 받아들이겠노라. 엘리사벳은 아이를 낳을 것이니 그 아이의 이름을 요한이라 할지어다. 그 아이는 주 앞에 큰 사람이며, 포도주와 취하는 음료를 마시지 아니하며 어머니의 태내에서 성령이 충만하여 이스라엘의 많은 자손들을 하느님이신 주께로 돌아오게 하고, 예언자 엘리야의 심령과 능력을 타고난 주의 길을 예비하는 선구자이니라."

아홉 달이 지나자 늙은 엘리사벳은 아이를 낳았는데 그가 바로 요한이라는 것이었습니다. 헤로데 왕은 이 요한이 자라 낙타 가죽옷에 가죽 허리띠를 매고 메뚜기와 석청을 먹으며 사막에서 수행했다는 것도 알아냈습니다. 또한 예루살렘과 유대 전 지역은 물론 요단 강가에 이르는 온 지방 사람들이 요한 앞에 와서 죄를 고백하고, 요단 강에서 세례를 받고 있다는 이야기도 왕의 귀에 들어왔습니다.

이런 남자한테 비난받은 헤로데 왕의 고뇌하는 모습은 곁에서 바라만 보아도 안타까울 지경이었습니다. 그는 헤로디아 님을 진심으로 사랑했습니다. 그러나 한편으로 예언자나 구세주의 일이 머릿속에서 떠나지 않았던 왕은 요한의 고발이 두렵게 느껴졌을 것입니다. 헤로디아 님은 사랑하는 남자가 옆에 있어주기만 하면 그 누가 무슨 말을 한들 전혀 개의치 않는다는 듯 오히려 의연한 모습을 보였습니다.

그해 가을이었습니다. 마침내 헤로데 왕이 세례자 요한이라는 남자를 잡아들이라고 한 것은.

저도 왕궁에 연행된 그 남자를 보았습니다. 저의 예상을 뒤엎은 젊은 남자였습니다. 예언자들은 모두 지팡이를 짚지 않으면 제대로 걷지도 못하는 노인이라고 생각하고 있었으니까요. 그런데 그게 서른 살 가량의 젊은 남자였습니다. 길게 자란 머리와 수염은 모래와 햇볕에 그을려서인지 붉은 빛이 도는 갈색이었고, 소문대로 낙타가죽에 끈을 맨 옷차림. 이것도 모래와 햇볕에 말라붙어 마치 양피지를 걸치고 있는 것처럼 보였습니다.

조금만 관심 있게 보면 이 남자가 상당한 미남이라는 것을 그 어떤 여자라도 알 수 있었습니다. 살로메 님도 제 옆에 서서 막 끌려온 이 예언자라는 남자를 바라보고 있었는데, 어딘지 모르게 흥미를 느끼신 듯했습니다. 헤로데 왕은 이 남자를 그대로 왕궁 안에 있는 감옥에 가두고 말았습니다. 재판을 하는 것도 아니고 그렇다고 사형에 처하는 것도 아니어서 궁정 사람들은 왕의 흉중을 헤아릴 수가 없다며 이러쿵저러쿵 떠들어댔습니다.

요한이 갇힌 곳은 왕궁 뒤뜰에 면해 있는 감옥이었습니다. 어둡고 축축한 지하실이 아닌데다, 해는 들지 않지만 통풍도 잘 되고 밤에는 감옥 한구석에 쌓여 있는 짚단을 덮고 있으면 사막의 추위도 뼈에 사무칠 정도는 아니었습니다. 요한이라는 이 젊은 남자는 감옥 속에서 하루종일 명상에 잠겨 있는 듯했습니다.

하루는 살로메 님이 뒤뜰에 가보자고 하셨습니다. 이럴 때 이유를 물어보아도 말해줄 공주님이 아니라는 건 지금까지 길러온 제가 누구보다 잘 알고 있었으므로 잠자코 뒤를 따랐습니다.

유대 왕의 정원이라 해도 뒤뜰이었기에 화원이나 분수도 없습니다. 단지 몇 그루의 소나무와 누가 두고 갔는지 모를 낡은 짐수레가 한 대 놓여 있을 뿐이었습니다. 공주님은 딱히 뭘 바라보는 것도 아니고 감옥 쪽으로 눈길을 주는 것도 아니고 제게 말을 거는 것도 아니면서 그저 발길 닿는 대로 거닐고 계셨습니다. 그런 공주님을 멀리서 바라보면 마치 바람에 나부끼는 들판의 한송이 백합처럼 아름답고 우아했습니다.

그런 일이 몇 차례인가 되풀이되던 어느 날이었습니다. 일을 빨리 마칠 수가 없었기에 바로 공주님을 모시고 가지 못했습니다. 뒤늦게 달려간 제가 본 것은 여느 때처럼 바람에 나부끼듯 정원을 산책하는 공주님과 감옥의 쇠창살 안쪽에서 그런 공주님을 물끄러미 바라보고 있는 요한이라는 남자였습니다.

그 다음 날 공주님은 처음으로 철창 앞에서 멈추었습니다. 젊은 남자는 악마로부터 피하기라도 하듯 감옥 벽에 몸을 바싹 붙이고 도망칠 수만 있다면 당장이라도 뛰쳐나갈 듯한 기색이었습니다. 왕궁에 연행되던 날 손을 댈 수 없을 정도로 용맹스러운 사자처럼 그 어떤 싸움에라도 도전할 듯하던 눈빛은 사라지고, 불안해하면서도 어딘지 모르게 부드러운 눈빛으로 변해 있었습니다. 공주님은 그런 남자에게 차분한 표정으로 말씀하셨습니다.

"당신이 생각하고 있는 것을 뭐든 다 듣고 싶군요."

그러자 남자는 뭔가를 결심했는지 나직한 목소리로 이야기하기 시작했습니다. 소문처럼 사막에 메아리칠 정도로 무서운 분위기의 설교가 아니라 마치 천진무구한 어린아이를 대하듯 조용한 열의와 신뢰가 넘치는 것이었습니다.

"저는 예언자 이사야에게 광야에서 외치는 자의 소리가 있어 이르노니, 주의 길을 준비하라, 그 좁은 길을 평탄케 하라는 예언을 받은 자입니다.

'죄를 회개하라, 천국이 가까이 왔노라.'

저는 요단 강가에서 세례를 받으러 온 바리새인(모세의 율법을 면밀 복잡하게 엄수하던 유대교의 한 종파인 바리새교의 교인―옮긴이)과 사두개인(모세의 율법을 부정하고 바리새교에 대항해 일어난 유대교의 한 종파인 사두개교의 교인―옮긴이)에게 이렇게 말해주었습니다.

'독사의 자식들아, 임박한 진노를 피하라고 누가 알리더냐. 회개에 합당한 열매를 맺고, 마음속으로 우리의 조상은 아브라함이라 생각지 말라. 내 너희에게 이르노니, 하느님은 여기에 있는 돌들도 아브라함의 자손으로 만드실 수 있다. 이미 도끼가 나무 뿌리에 놓여 있으니 좋은 열매를 맺지 않는 나무는 모두 찍어 불에 넣으리라.

나는 너희로 하여금 회개케 하기 위하여 물로 세례를 주는 것이나 내 뒤에 오시는 분은 나보다 능력이 많으시니 나는 그분의 신발을 들 가치조차 없노라. 그는 성령과 불로 너희에게 세례를 주실 것이다.'

이때 제가 세례를 주는 곳에 갈릴리에서 왔다는 젊은이가 섰습니다. 저는 이 젊은이가 누구인지 바로 알 수 있었습니다. 예수라는 이 젊은이가 제게 세례를 받으려 했기에 저는 황급히 만류하며 물어보았습니다.

'내가 당신에게 세례를 받아야 할 터인데 당신이 내게로 오시나이까?'

예수께서 미소지으며 이렇게 대답하셨습니다.

'이제 허락하라. 우리가 이와 같이 하여 모든 의(義)를 이루는 것이 합당하니라.'

저는 이 젊은이의 바람대로 세례를 주었습니다. 그러자 하늘이 열리고 하느님의 성령이 비둘기처럼 내려 그의 머리 위에 임하시는 것이 보였습니다. 그리고 하늘에서 '이는 내 사랑하는 아들이요, 내 기뻐하는 자라' 하는 말씀이 들렸습니다."

살로메 님은 이때까지 조용히 듣고 있다가 이런 질문을 하셨습니다.

"요한 당신은 사랑하는 아들이 아닌가요?"

"아닙니다. 저는 사랑하는 아들이 걸으실 길을 정비하기 위해 하느님께서 보내신 자입니다."

"어째서 사제의 아들인 당신이 목수의 아들 신발조차 들 가치가 없나요. 머리도 수염도 자르지 않고 맛있는 음식도 먹지 않으며 감옥에 갇혀 고생만 하고 있는데 말이에요."

요한은 공주님의 이 말씀을 깊이 생각하는지 침묵하고 있다가 겨우 중얼거리듯 내뱉었습니다.

"세상을 바꾸려 할 때 저처럼 지식인 계급에 속하는 자의 역할은 나중에 진정한 능력을 갖추고 나오는 하층 사람들을 위해 길을 닦을 수밖에 없는 것입니다. 이것이 우리의 숙명인지도 모릅니다."

다음날도, 또 그 다음날도 공주님은 뒤뜰로 가셨습니다. 세례자라 불리는 젊은이는 점점 확신에 가득 찬 모습을 보였습니다. 살로메 님을 설득할 수 있다고 여겼나 봅니다. 헤로데 왕의 딸을 개종시킬 수만 있다면 감옥에 갇혀 격리된 채 민중들에게 설교조차 못하는 요한으로서는 감옥생활도 결코 헛고생이 아니라는 일종의 위안을 얻은 것이 아닌가 합니다. 젊은이는 날마다 대단한 열의를 보이며 공주님께 설교를 했습니다.

공주님은 다소곳이 귀를 기울이실 뿐 요한의 말에 반대 의견을 내세우지는 않았지만, 진심으로 찬성한다는 뜻이 아니라는 것쯤 잘 알 수 있었습니다. 하지만 요한은 공주님의 성격을 잘 이해하지도 못했고 또 이해하려는 마음도 없었기에 공주님의 태도를 별 생각 없이 받아들였을 것입니다. 어느 날 살로메 님이 제게 하신 말씀을 요한은 들은 적이 없었으니까요.

"선의로 가득하고 청렴한 사람이 과격하게 세상을 개혁하려고 설교하는 것만큼 위험천만한 일은 없을 것 같은데, 유모는 어떻게 생각해?"

저는 잠자코 있을 수밖에 없었습니다.

그해 가을도 깊어갈 무렵입니다. 로마의 카이사르 티베리우스 황제의 사신 일행이 유대를 방문했습니다. 로마 제국의 황제가 속국 시찰에 파견하는 관리들입니다.

헤로데 왕의 마음 씀씀이는 이만저만이 아니었습니다. 왕궁의 모든 이에게 유대 각지에서 일어나고 있는 구세주(메시아)를 대망(待望)하는 움직임과 세례자 요한에 대한 것을 입밖에 내서는 안 된다는 엄중한 함구령을 내렸을 정도입니다. 이런 일들이 로마 관리의 귀에라도 들어가는 날에는 헤로데 왕은 그 일을 해명해야만 하며, 왜 요한의 목을 베지 않느냐는 힐책을 모면할 길이 없습니다. 또한 답변 여하에 따라서는 유대의 왕위를 잃을 수도 있습니다.

요한의 목을 베려 해도 유대 민중들의 움직임이 두렵고, 또 속내는 유대인인 헤로데 왕으로서는 예언자의 존재를 믿고 싶은 생각도 있었겠지요. 헤로데 왕으로서는 결단을 내릴 수밖에 없는 궁색한 입장에 몰리는 일만큼은 피하려 했던 것입니다.

가슴속 걱정거리를 잊고 싶었던지 로마 황제의 시찰단을 주빈으로 모시는 연회 준비를 헤로데 왕이 몸소 지시하셨습니다. 음식은 페르시아나 시리아에서 들여온 진귀한 재료로 준비하고, 무희로는 유대 안의 미녀를 모두 불러모았습니다.

연회는 하얀 가을 달빛이 쏟아지는 왕궁의 대연회장에서 열렸습니다. 윗자리에는 헤로데 왕과 왕비 헤로디아 님, 그 바로 오른쪽에는 로마인들이 죽 늘어앉았으며, 왼쪽에는 대신들이 직위 순으로 앉았습니다. 물론 외동따님인 살로메 님은 왕비님 옆에 앉으셨습니다.

헤로데 왕의 세심한 배려에도 불구하고 로마에서 온 손님들은 별반 기뻐하는 기색도 보이지 않고 연회는 시들했습니다. 세계의 수도 로마에서 보면 유대는 변방인 시골. 유대 왕이 주선한 연회라고는 하나 아무래도 세련되지 못하고 촌티가 줄줄 흘렀습니다. 이집트의 알렉산드리아에서 태어나 자란 저도 그렇게 느낄 정도였으니 로마 상류계급에 속하는 손님들이 따분해하는 것도 결국 불을 보듯 뻔한 결과였습니다. 아무튼 무슨 수를 써야겠다고 헤로데 왕이 생각하신 것도 무리는 아니었습니다.

그날 밤 로마에서 온 손님들의 주의를 끈 것은 공주님의 고운 자태뿐이었습니다. 흰 비단 천에 은빛 자수를 놓은 옷을 입고, 진주로 장식한 풍성한 헤어스타일에다 은색 샌들을 신은 작고 뽀얀 살결의 발까지, 이것이 신의 피조물이라면 창조하신 신께서 누구보다도 자랑스럽게 여기셨으리라 생각될 정도의 미모.

"로마에서도 이토록 아름다운 미녀는 찾아보기 힘들 거야."

로마의 손님들이 속삭이는 말을 들은 헤로데 왕은 불현듯 공주님께 이렇게 말씀하셨습니다.

"살로메, 나의 사랑하는 딸이여, 네 춤을 보고 싶구나."

그 자리에 있던 대신들과 로마인들 또한 왕의 말씀에 그만 놀라지 않을 수 없었습니다. 왕녀에게 무희가 하는 일을 시키다니, 모두들 아연실색하여 왕의 얼굴만 쳐다보았습니다. 살로메 님만이 얼굴 표정 하나 흐트러뜨리지 않고 차분하게 앉아 계셨습니다. 물론 단 한 말씀도 하지 않았지요.

후세 사람들은 헤로데 왕이 의붓자식이기는 하나 딸인 살로메 님을 연모한 나머지 자신의 추잡한 욕망을 채우고자 춤을 추게 했다고 합니다만 그건 얼토당토않은 거짓말입니다. 설령 연모하는 마음이 있었다 하더라도 그날 밤의 헤로데 왕한테는 그런 생각을 할 여유가 전혀 없었습니다. 모든 것이 뜻대로 진행되지 않아 마음의 평정을 잃은 한 소심한 남자가 보인 유치한 오기의 분출에 불과하다고 해야 옳을 것입니다.

살로메 님은 모든 걸 납득한 모양이었습니다. 마음의 평정을 잃은 왕과는 대조적으로 약간의 미소마저 띠고 계셨으니까요. 헤로데 왕은 다그쳐 물었습니다.

"공주여, 춤만 보여준다면 네 소망은 뭐든 다 들어주겠노라. 달걀만한 에메랄드가 좋겠느냐, 아니면 너의 몸무게와 맞먹는 산더미 같은 금화를 원하느냐? 아니, 만약 네가 원한다면 유대 땅의 절반을 줄 수도 있다. 뭐든 다 주겠어. 네가 원하는 것이라면 뭐든지 말이야."

그제야 공주님께서는 처음으로 입을 열었습니다.

"그럼 준비할 시간을 좀 주세요."

그리고 제게 눈짓을 하고는 연회장을 빠져나갔습니다.

공주님은 쌀쌀한 밤이나 외출하실 때 쓰는 일곱 장으로 된 얇은 베일을 가지고 있었는데, 방에 들어서자마자 그것을 꺼내오라 하셨습니다. 금색, 빨간색, 감색, 노란색, 초록색에 은색과 흰색이었습니다. 공주님은 아직 미혼이었기에 검정색은 갖고 있지 않았습니다. 입고 있던 옷을 다 벗어버린 알몸에 이 일곱 장의 얇은 비단 베일을 한 장씩 걸치기 시작했습니다. 은색 샌들도 벗어버렸지요. 그런 차림으로 대연회장으로 되돌아갔던 것입니다.

때마침 달빛이 환하게 내리비치는 연회장 중앙에 선 공주님은 부끄러워하는 기색도 없이, 도저히 열다섯 살이라고는 믿기지 않을 정도로 기품이 넘치는 성숙한 여인의 아름다움을 발하고 있었습니다. 기세에 압도된 쪽은 남자들이었습니다. 악사들도 얼떨결에 음악을 연주하기 시작했습니다. 취한 듯한 정적이 감도는 가운데 춤사위가 시작되었습니다.

음악이 한 곡조 끝날 때마다 얇은 비단이 너풀거리며 춤을 추듯 바닥에 떨어졌습니다. 금색 베일이, 이어 초록색, 노란색, 감색, 빨간색도 살로메 님의 흰 팔이 크게 원을 그릴 때마다 공중에서 나부끼다 바닥에 살포시 떨어져 커다란 꽃송이가 무희의 주변에서 활짝 피어나는 것만 같았습니다. 은색 베일이 너풀거린 다음 살로메 님의 하얀 맨살을 덮고 있는 것은 마지막 남은 흰색 베일뿐이었습니다. 이 광경은 달빛 분위기를 살리기 위해 등불을 끈 넓은 방 한가운데에서 마치 하얀 잠자리 한 마리가 춤을 추는 모습과 흡사했습니다.

연주가 끝나자 공주님은 춤을 마치고는 그대로 헤로데 왕 앞으로 나가셨습니다. 왕은 찬탄을 금치 못하는 로마인들을 보고 비로소 안도한 듯 온화한 목소리로 물으셨습니다.

"무엇을 바라느냐? 에메랄드? 아니면 산더미 같은 금화?"

살로메 님은 조용히 대답하셨습니다.

"요한의 목을 주세요."

연회장 안은 큰 술렁임이 일었습니다. 로마인들은 알고 있었던 것입니다. 유대 전체가 뒤숭숭한 원인이 무엇인가를. 또 왕이 하고 싶어도 못했던 일을 춤의 포상으로 처리함으로써 위기에 처한 유대국을 구하려 하는 사람이 바로 살로메 님이라는 사실도.

헤로데 왕은 마침내 결단을 내려야 할 때가 오고 말았다는 걸 깨달았습니다. 유대 땅의 절반을 주겠다고 한들 공주님의 뜻이 꺾이지 않을 거라는 사실쯤은 알고 계신 듯 말입니다. 어쩔 수 없이 왕께서 약속한 대로 살로메 님의 소망은 그대로 이루어졌습니다. 후세 사람들은 이렇게도 말합니다. 요한에게서 비난을 받은 일이 있는 왕비님이 딸에게 꾀를 일러주어 복수를 했다고. 이 무슨 허무맹랑한 소린가요. 공주님은 스스로 판단한 일만 하신다는 것을 안다면 이런 식의 허황된 이야기는 할 생각이 들지 않을 텐데 말입니다. 이리하여 로마 황제 시찰단은 대단히 흡족해하며 유대를 떠났습니다.

그후 얼마 지나지 않아 예수라는 이름의 젊은이 이야기가 유대 왕궁에 쫙 퍼졌습니다. 헤로데 왕은 예수가 요한의 환생이라는 소문이 몹시 마음에 걸리신 듯했습니다. 공주님은 그런 소문을 전한 저에게 이렇게 말씀하셨습니다.

"유모, 그건 아니에요. 예수는 유대의 왕도 로마의 황제도 공격하지 않아요. 카이사르의 것은 카이사르에게, 신의 것은 신에게, 라고 말한대요. 예수는 요한을 능가하고 있어요. 역시 요한은 자신이 말한 대로 뒤에 오는 사람의 신발을 들 자격조차 없었는지도 모르겠어요. 참 측은한 사람이에요."

그리스도교도들은 자신들의 성자를 죽인 살로메 님을 증오하며, 하느님에게서 벌이 내려 얼어붙은 강을 건너려 할 때 얼음이 깨져 익사했다고 떠들고들 있는 모양입니다. 이 또한 허무맹랑한 거짓말. 제가 기른 공주님은 그때 로마인 일행과 함께 왔던 로마의 젊은 귀족과 사랑에 빠져, 그분과 결혼해서 로마 교외에 있는 티볼리에 살고 계십니다. 유대를, 그리고 유대인을 버렸기 때문에 생긴 소문이겠지요.

헤로데 왕도 로마 황제가 칼리굴라로 바뀌고 나서는 운이 다했는지 에스파냐의 피레네 산맥 근방으로 추방당하고 말았습니다. 왕비님이신 헤로디아 님은 추방지까지 따라가셨습니다. 이 또한 여인이 살아가는 방식 중 하나겠지요. 따님인 살로메 님과는 성격이 판이하게 달랐지만 말입니다.

단테 아내의 탄식

결혼도 할 수 없는 상대라는 건 어렸을 때부터 잘 알고 있었던 사람,
그리고 다른 남자의 부인이 된 사람, 게다가 젊은 나이에 요절한 사람이었기에
단테에게 베아트리체는 영원한 여성이 될 수 있었던 것이겠지요.

단테를 말할 때 베아트리체를 떠올리지 않으면 왠지 허전한 느낌. 그런 경우 아내의 입장이란 남들이 보기엔 기묘하게 비치겠지요. 저를 동정하는 사람들은 이렇게 말합니다.

"참 안됐어. 젬마는 참고 또 참으면서 살았을 게 틀림없어."

수도 피렌체에서 좀더 냉정한 사람들은 이런 험담을 하는 모양입니다.

"젬마 도나티는 불행한 여자야. 아내의 입장이고 뭐고 없었으니까. 용케도 잘 참고 버텼어. 물론 그녀의 가문으로는 재혼도 할 수 없었겠지만 말이야."

제 스스로 정말 당연한 소리로 여겨지니 험담하는 사람들을 미워할 마음도 들지 않습니다. 베아트리체라는 이름은 그이와 함께 지내는 동안 내내 따라다녔고, 그이가 죽고 나서도 들어야만 하는 이름이었으니까요.

하지만 그런 일 때문에 남편을 원망할 생각 또한 한 번도 해본 적이 없습니다. 제가 어쩌면 그렇게 한심하게 하는 일마다 제대로 되는 일이 없는 남자와 평생을 같이할 수 있었겠습니까. 그게 다 워낙 개방적이고 명랑한데다 사소한 일에 구애받지 않는 제 성격 덕분이지요.

탄식도 제가 하면 심각하기는커녕 왠지 가볍고 밝은 내용이 될 것 같습니다. 하지만 탄식이라는 제목을 붙이면 어딘지 모르게 멋져 보이지 않습니까. 시성(詩聖)의 아내에게 딱 맞는 느낌이지요. 그건 그렇고 제 말씀 좀 들어주세요.

저와 그이, 즉 알리기에리 단테와의 관계는 제가 소녀 시절 때부터 정혼된 사이였습니다. 제 아버지와 그이의 아버님이 둘 다 비슷비슷해서 잘 어울릴 거라며 정해버린 저희는 동갑내기였습니다. 소년인 주제에 만나기만 하면 심각한 표정을 짓던 단테한테 정혼자들 사이에서 일어나는 애틋한 다정함 따위는 한 번도 느껴본 적이 없습니다.

그이의 집은 예전에는 명문가로 십자군전쟁에 참가한 사람도 있었는데, 단테의 아버님이 대를 이을 무렵에는 쥐꼬리만한 땅에서 나오는 소작료만이 수입의 전부라 할 수 있는 중류계급 중에서도 하층에 속해 귀족도 부자도 아니었습니다. 저희 동네 아이들이 말하는 이른바 '시민'으로, 상인이나 직공들로 형성되어 있는 도시의 신흥계급에 속했습니다. 당연히 교황파인 셈이지요.

조금 설명을 드려야 알 수 있겠지만, 그 당시 피렌체는 이탈리아의 다른 도시와 마찬가지로 구엘프 당이라 불리는 교황파와 기벨린 당이라 불리는 황제파로 나뉘어 다투고 있었습니다. 로마 교황 편을 드는 쪽과 독일의 신성 로마 제국 황제 편을 드는 쪽이 맞선 싸움으로, 무언가 고상한 이상을 추구해 다투고 있는 것처럼 보이나 실은 싫어하는 저 녀석이 교황파니까 나는 황제파로 가야지 하는 식이었습니다. 사적인 다툼에 괜히 공적인 이유를 달고 싶어하는 것은 남자들의 고약한 버릇인데, 그것이 표면으로 드러났을 뿐이지요. 원래 단결심이 희박하고 자존심만 강한 피렌체 사람들 사이에서는 이 일이 더욱 험악하게 변해 기가 막힐 정도였습니다.

여기에 제 남편이 관여하게 되면서 저는 더욱 어이가 없었습니다. 곰곰이 생각해보면 그이만큼 피렌체인의 못된 기질을 전부 갖추고 있는 사람도 없을 테니 결국 자업자득인 셈이지요.

그이는 가문으로 보나 집안의 경제 사정으로 보나 교황파에 속하는 것이 당연했습니다. 그런데 장성해서는 넓은 토지를 소유하고 있는 귀족들의 당파라 할 수 있는 황제파에 끌리고 말았으니 우습지 않습니까. 머리도 좋고 학교에서는 우등생으로 소문난 그이가 가끔 만나는 저에게 "귀족이란 가문이 아니라 정신적 귀족을 의미해"라고 말했을 때 알아봤어야 했습니다. 평범하기는 해도 상식적인 사고를 지닌 상인한테라도 시집을 갔더라면 결혼하고 나서 그렇게 고생하지 않아도 되었을 테니까요.

처녀 시절의 저는 여느 아가씨들처럼 바느질과 요리를 배우는 나날 속에서 읽기와 쓰기를 배우는 건 꿈도 꿀 수 없었기에 라틴어도 할 줄 아는 단테를 저와는 다른 아주 위대한 사람처럼 느꼈던 것입니다. 그이가 하는 말은 뭐든 그 당시의 저에겐 굉장한 얘기처럼 들릴 정도였습니다.

물론 비체의 일은 제 귀에도 들어왔습니다. 그녀는 대부호인 폴코 포르티나리의 딸로, 우리가 결혼하기 조금 전 피렌체에서 손꼽히는 재산가인 바르디 가문의 일원으로 은행가였던 시모네와 결혼했습니다. 누구나 그녀를 비체라고 부르고 있었지만 단테만은 베아트리체라는 정식 이름으로 불렀습니다.

비체의 친정집과 단테의 집은 아주 가까이에 있었습니다. 50보 정도 떨어져 있었을까요. 두 집 사이에는 작은 교회가 있어 저녁미사 때마다 만날 수 있었습니다. 아주 어렸을 때부터 그이는 비체를 하루도 빠짐없이 바라보고 있었을 것입니다.

저도 몇 번인가 만난 적이 있는데 소문대로 미모에는 손색이 없었습니다. 미인박명이라고는 하나 젊은 나이에 요절한 것이 당연하게 느껴질 정도로 야윈 몸매에 살결도 투명한데다 기운이 없어 보이는 미인이었습니다.

그런 비체를 제 남편은 열심히 시로 적었습니다. 제게 그것을 알려준 사람은 옷감을 사러 간 포목상점의 딸이었습니다. 그녀는 저와는 달리 읽기와 쓰기를 배웠는데, 이탈리아어로 쓴 단테의 시를 읽었다고 합니다.

질투의 감정을 드러내야 할 때였겠지만 제 성격이 워낙 시원스러운 탓인지 솔직히 별로 슬픈 생각도 들지 않았습니다. 시로 적었다고는 하나 비너스를 읊은 시도 있지 않습니까. 그래도 제가 조금은 마음에 두고 있다는 것을 알리기는 해야겠기에 어느 날 비체를 화제로 삼은 적이 있습니다. 그러자 단테는 이렇게 대꾸했습니다.

"베아트리체의 의미를 알고는 있어? 베아트리체란 그녀와 만나기만 해도 신의 축복이 넘친다는 뜻이야. 미덕과 우아한 미의 화신이라고. 내게 베아트리체란 모든 고귀한 행위와 모든 예술적 영감의 근원인 셈이지."

저는 무슨 말인지 도통 알아들을 수가 없었지만 되물을 수도 없었습니다. 게다가 그이가 아무리 반한들 포르티나리 가문은 알리기에리 가문과는 차원이 다른 대부호. 피렌체에서 가장 큰 병원도 폴코 포르티나리가 기부한 것입니다. 도저히 단테의 상대가 되질 않았습니다. 그걸 알고 있었기에 일부러 문제삼을 필요가 없었던 것입니다. 시의 여신에게 질투해봐야 소용없는 일 아닙니까. 딴 여자를 노래한 시집을 낸 남자와 결혼하는 것은 다른 처녀들이 입방아를 찧을 만큼 굴욕적이지도 슬프지도 않았습니다.

결혼하고 나서 안 일이지만 알리기에리 집안은 상상한 것보다 훨씬 검소한 살림이었습니다. 소작료뿐인 수입도 동생인 프란체스코와 나누었습니다. 게다가 그이나 프란체스코 모두 장사나 사업에 투자하는 것을 대단히 경멸하고 있었기에 땅에서 들어오는 수입말고 달리 수입이 생길 방도가 없었습니다. 그나마 프란체스코는 시골의 작은 땅이 딸린 집에 살고 있었기에 양이나 닭을 키울 수도 있어 살림이 조금은 나은 편이었습니다만, 학문과 시를 위해서, 라는 이유로 도시에서 살기를 고집하는 단테의 수입은 고작해야 동생과 반으로 나누어 결코 많다고 할 수 없는 소작료뿐이었습니다. 그런 살림 속에서도 아이들은 자라는 법. 어느덧 저희들은 야코포, 피에트로, 안토니아라는 이남

일녀의 부모가 되었습니다.

그 무렵에는 단테만이 베아트리체라고 불렀던 비체 포르티나리는 이미 이 세상 사람이 아니었습니다. 결혼도 할 수 없는 상대라는 건 어렸을 때부터 잘 알고 있었던 사람, 그리고 다른 남자의 부인이 된 사람, 게다가 젊은 나이에 요절한 사람이었기에 단테에게는 영원한 여성이 될 수 있었던 것이겠지요. 가까운 존재가 될 수 없는 사람은 유리한 법입니다. 저는 배운 것은 없지만 부부가 되어 살다보면 제아무리 매력적인 사람도 그 매력의 태반을 잃게 된다는 것쯤은 알고 있습니다.

세간에서는 행복한 결혼과 불행한 결혼에 큰 차이가 있는 것처럼 말하지만 저는 그다지 큰 차이가 없다고 봅니다. 요컨대 결혼하느냐 안 하느냐 하는 차이뿐이라 생각합니다. 비체 포르티나리 역시 만약 단테의 아내가 되었더라면 영원한 여성, 고귀한 행위와 예술적 영감의 근원으로서 그리 오래 가지는 않았을 테니까요. 남편의 모습은 비체 포르티나리의 죽음으로 인해 조금도 변한 것 같지는 않았습니다.

1295년의 일로 기억합니다. 그이가 서른 살이 되던 해였으니까요. 그해에 상업이나 수공업에 종사하지 않아도 어느 조합에든 가입할 수 있다는 법령이 생겼습니다. 단테는 의약조합에 가입했습니다. 지금 생각하면 이 일이 그이의 말년을 그르치기 시작한 원인처럼 여겨집니다. 그때까지 시를 쓰는 것만 좋아하던 그이가 정치판이라는 험한 세계에 발을 들여놓은 것입니다. 아내인 저로서는 남편이 근처 아이들에게 글을 가르치면서 사는 검소한 생활도 별로 고생스럽지 않았는데 말입니다.

피렌체의 시정(市政)에 관여하기 시작한 그이는 생판 딴사람처럼 변했습니다. 무언지 모르게 자신감에 넘쳤고 직책이 높아짐에 따라 눈코 뜰 새 없이 바빠서 시를 지을 틈이 나지 않았지만 불평 한마디 하지 않았습니다. 매일 시 청사에 나가서는 식사 때에 맞춰 귀가하는 시간조차 아까워 죽을 지경이라는 듯이 분주하게 다니는 모습을 지켜보는 저로서는 조마조마하고 걱정스러워 견딜 수가 없었습니다. 산전수전 다 겪고 영리한 사람들만 모이는 그곳에서 자신의 생각을 꾸밈없이 드러내는 직선적이며 호인 타입인 그이가 잘해나갈 리가 없었습니다.

단테가 정치에 정신을 팔고 있을 당시의 정세는 그때까지 교황파와 황제파로 나뉘어 다투던 피렌체가 황제파의 세력이 쇠약해져 싸움이 끝나는가 싶더니 이번에는 같은 교황파 중에서 백당과 흑당으로 갈라져 싸우기 시작한 시기에 해당합니다. 비앙키라 불리는 백당은 교황 보니파키우스 8세를 지지하는 일파이며, 넬리라 불리는 흑당은 교황을 반대하는 당파라고 합니다. 자존심만 세고 그 때문에 정쟁이 끊이지 않는 피렌체라고는 하나 이건 좀 지나치다고 생각합니다.

단테는 제 친정 도나티 가(家)가 흑당에 들어가 있으니 당연히 흑당에 들어가면 될 것을 백당과 가깝게 지낸다는 겁니다. 친구인 구이도 카발칸티가 백당이라 덩달아 그리로 들어갔다는 것이 제게는 또 하나의 걱정거리였습니다. 피로 피를 씻는 이런 유형의 싸움에 친구간의 의리를 지키는 등 그런 식으로 고지식

하게 정치를 하다니 참으로 어처구니가 없지 않습니까? 아이 키우기에 정신이 없던 시절이기는 했으나 문득문득 제 남편은 정치와는 거리가 먼 사람이라는 생각이 들었습니다.

그로부터 6년 남짓 지난 어느 여름날이었습니다. 그이는 매우 생기가 넘치는 표정으로 "로마에 가게 되었소"라고 말했습니다. 백당 대표의 한 사람으로서 로마 교황 보니파키우스 8세를 배알하고, 피렌체 흑당의 횡포를 호소한 뒤 아무쪼록 교황님께서 해결해주십사 하는 청을 드리러 간다는 것입니다. 그토록 동경하던 로마를 볼 수 있게 되었다고 좋아 어쩔 줄 모르는 그이를 보며 뜻대로 일이 잘 되기를 두 손 모아 기원하는 심정이 되고 말았습니다. 당시 흑당 사람들 사이에서 제 남편의 평판은 좋지 않았고, 마치 백당의 우두머리처럼 불리기도 해서 몹시 노심초사하고 있었습니다.

제가 제일 잘 알고 있습니다. 그이는 격렬한 싸움의 우두머리가 될 만한 소질도 없으며 영향력 또한 있을 리 만무하다는 것을. 그저 라틴어가 능숙하고 사람들 앞에서 연설하는 것이 막힘이 없었기에 엉겁결에 전면에 나서게 되었으며, 언뜻 대표격으로 보일 뿐이라는 것을. 그럴 때 그이는 신바람이 나서 적극적으로 나서는 성격이기 때문에 진상을 모르는 사람들은 오해하고도 남습니다. 그때의 로마행도 그이의 본심은 심취하고 있는 고전학의 본산지 로마를 볼 수 있다는 기쁨이 훨씬 더 크게 자리했습니다만, 남들한테는 교황과 결탁하여 뭔가 엄청난 모략을 꾸미기 위해 출발하는 것처럼 보였던 것입니다.

로마에는 반년쯤 체류했을 것입니다. 그런데 돌아온다는 편지를 받은 지 한 달도 채 못 되어 사건이 터졌습니다. 흑당 사람들이 습격해와서 저희 집을 약탈하고 불까지 지르고 만 것입니다.

저는 아이들을 데리고 재빨리 친정집으로 피신했기에 무사할 수 있었습니다. 그이는 돌아오던 도중 폭동으로 정권을 장악한 흑당 사람들로부터 5천 피오리노나 되는 무거운 벌금과 공직에서 영구히 추방한다는 통지를 시에나에서 받았습니다. 1302년 1월 27일이라는 그날을 바로 어제 일처럼 선명하게 기억하고 있습니다. 피렌체에서는 드물게 폭설이 내린 날이었지요.

세 명의 친구들과 함께 형을 선고받은 남편은 과연 그이답게 벌금을 지불하는 것조차 단호히 거부했습니다. 그 때문에 3월 10일에는 피렌체에 귀국하기만 하면 즉각 체포해 산 채로 화형에 처하겠다는 판결이 내려지고 말았습니다.

지금까지의 저의 걱정이 기우가 아닌 현실로 드러나고 말았습니다. 결석재판이기는 하나 함께 형을 언도받은 열다섯 명은 모두 정치세계에서 활약하는 것이 당연해 보이는 분들. 이해관계도 없고, 아무도 불만을 느끼지 않을 정도의 작은 땅을 소유해 거기서 나오는 수입만으로 검약하게 지내는 것은 남편뿐이었습니다. 정말 불운하다는 건 이런 경우를 뜻하기에 슬프기보다 어이가 없어 할말을 잃었습니다.

하지만 이것으로 살아서 두 번 다시 피렌체를 볼 수 없게 되리라고는 그이는 물론 저 역시, 그리고 피렌체의 모든 사람들도 생각하지 않았습니다. 정세가 바뀌어 추방자가 개선장군처럼 귀국하기도 하고, 정세가 바뀌지 않는다 해도 사면되어 귀국하는 사람이 허다했던 것입니다. 그랬기에 포를리의 영주 스카르페타 오르델라피 님의 비서가 되었으니 오고 싶으면 오라는 편지를 남편에게서 받은 저는 깊이 생각할 것도 없이 바로 아이들을 데리고 피렌체를 떠났던 것입니다.

국외 추방자라고 하나 포를리에서 저희를 맞이한 단테는 아주 의기양양해하며 "바닷물고기처럼 자유로이 움직일 수 있는 이곳이 바로 조국이지"라고 말할 정도였으며, 어떤 위로의 말을 건네야 할지 고민하던 제가 오히려 맥이 풀릴 지경이었습니다. 오르델라피 님 밑에서 그이는 라틴어로 공문서를 쓰거나 때로는 영주의 부탁으로 사절이 되어 외국에 가는 일을 하는 것 같았습니다. 베로나 영주에게 간 일도 있었습니다.

그때만 해도 동료 추방자분들과 연락을 주고받고 만나는 일도 잦았으며, 저희 집에는 그런 분들이 자주 식사를 하러 오시곤 해 저도 종종 피렌체 음식을 만들기도 했습니다. 정말이지 그때는 모두 다 건강하고 모이기만 하면 그저 고국의 정치를 논하며 날이 새는 것도 모를 정도여서 그야말로 '바닷물고기'와 같았습니다.

그러나 다음 해가 되자 상황이 바뀌었습니다. 친구분들은 어쩌다 가끔 찾아오셨고, 함께 나누는 이야기에는 가시가 돋친 듯했으며, 바닷물고기가 모이는 곳 같던 저희 집에 손님이 들르는 게 신기할 정도가 되었습니다. 얼마 뒤에 안 일이지만 그이와 다른 분들은 그 무렵 결별하고 말았다 합니다.

이것도 그이의 성격에서 비롯된 것입니다. 타협을 싫어하며 비정치적인 그이와, 한 걸음 물러서는 편이 좋겠다는 판단이 들면 머리를 숙이는 정도는 대수롭지 않게 여기는 사람들이 함께 행동하는 것 자체가 결국 무리였습니다. 그이는 포를리를 떠나 베로나로 가기로 결심했습니다.

결국 베로나에서도 정착을 하지 못했습니다. 궁정생활이 그이의 성격에 맞지 않았던 것입니다. 라틴어를 할 줄 아니까 그것을 무기로 삼으면 훌륭한 대우도 받고 생활도 걱정이 없을 텐데 그이는 그런 걸 할 줄 몰랐습니다. 솔직한 성격에, 누구한테든 머리 숙이는 걸 싫어하는데다 자존심만큼은 남들 못지 않았으니 특별히 그를 인정하지 않는 한 그이와 잘 맞는 군주는 없었을 겁니다. 이쯤 되자 지금까지 의기양양해하던 모습은 온데간데없고, 바닷물고기는커녕 "노 없는 배와 같다"며 푸념을 늘어놓게 되었습니다.

그이는 저희를 두고 홀로 유랑의 길을 떠난 적도 있습니다. 그러다 말라스피나 공작님의 식객이 된 것이 1306년의 일이었습니다. 마흔이 넘은 나이에 유랑생활이라니, 남의 빵은 쓰다고 『신곡』이라는 시에서 읊었듯이 역시 견디기 힘들었을 것입니다.

그로부터 4년 뒤 침울해 있던 그이가 다시 생기를 찾는 사건이 일어났습니다. 신성 로마 제국 황제 하인리히 7세가 로마에서 행해질 대관식 때문에 이탈리아로 내려오시기로 되었습니다.

그이는 기필코 황제를 알현해 황제에게 복종하도록 이탈리아인들에게 권하는 시를 헌상하겠다고 한 것입니다. 저는 이제 정치적인 일은 그만두었으면 싶었지만 제가 말린다고 들을 사람이 아니었습니다. 결국 황제가 머물고 계시는 피사로 떠났습니다.

피사에서 그이는, 황제는 공정하고 박애정신이 넘치며 신만을 따르는 심판관이며, 정의와 자연과 신의 뜻에 따라 인정을 받은 로마 제국의 상속자이다, 그러므로 이탈리아의 인민과 군주들은 황제에게 복종해야 한다는 내용의 시를 공표한 것입니다. 독일에서 지내면서 대관식이나 돈이 필요할 때에만 이탈리아에 오는 독일인 황제가 못마땅해 딱히 신앙심이 깊지 않아도 교황파를 내세우는 사람이 많은 곳이 이탈리아. 단테의 주장을 받아들일 리 없습니다. 오히려 이탈리아 교황파의 거점인 피렌체 사람들의 반발을 초래하는 데 부채질을 한 격이 되었습니다.

여기서 그만두었으면 좋았을 텐데 이번에는 피렌체를 비난하는 시를 공표했습니다. 피렌체 사람들은 당연히 분노했고, 단테 알리기에리는 피렌체에 위해를 가하는 위험인물로 블랙 리스트에 올라가고 말았습니다. 추방생활 십년이 넘었건만 고국으로 돌아갈 꿈은 점점 멀어져만 가는 것이었습니다.

그나마 하인리히 7세가 살아 계실 때는 그이도 뭔가 할 수 있다고 믿었던 모양입니다만 얼마 안 가서 황제께서 승하하시자 상당히 충격을 받은 듯했습니다. 피렌체를 공격하려는 당시의 용병대장 우구초네 밑에 있기도 했지만 가족을 부양하기 위해서는 일을 해야 했으므로 결국 베로나의 영주 칸클란데 스칼라 님 밑에서 지내게 되었습니다. 스칼라 님도 황제파라는 인연이 있었던 덕분입니다.

학문과 예술의 애호가로 유명했던 이 영주님 밑에서의 생활도 그리 오래 가지는 않았습니다. 외교사절로 일해야 한다는 것이 견딜 수 없었던 것입니다. 누구나 공공연히 수행하는 일임에도 불구하고 그이에게는 도저히 감당하기 힘든 일이었던 것이지요. 그 다음에 의지하러 간 곳은 라벤나의 영주 구이도 다 폴렌타 님이었습니다.

라벤나에서는 딱 한 번 베네치아에 갔을 뿐 마음껏 학문과 시작(詩作) 생활을 할 수 있어 그이도 처음으로 편안한 기분을 맛볼 수 있었던 것 같습니다. 『신곡』이라는 장편 시를 완성시킨 것도 이곳 라벤나였습니다. 추방생활로 들어선 이후 늘 우울하고 상념에 잠겨 있는 모습은 여전했지만 말입니다. 시로 밥벌이가 되는 건 아니었으니까요.

1321년 9월 14일, 쉰여섯 살의 나이로 그이는 운명을 달리했습니다. 고국 피렌체에서 추방당한 지 열아홉 해가 흘러가고 있을 때였습니다. 얼마 후 시성으로 유명해지리라고는 생각지도 못했겠지요. 아니 어쩌면 그토록 오만하고 자존심 강한 사람이었으니 생전에는 이루지 못했지만 사후엔 꼭 유명해질 거라고 믿고 있었을지도 모릅니다. 아무리 그래도 반세기도 채 안 지나 같은 피렌체 사람인 보카치오가 『신곡』을 연구하기 위한 강좌를 개설하겠다고 제안하리라고는 상상조차 못했을 것입니다.

단테라는 남편은 참 희한한 사람이었습니다. 너무나 처세술에서툴렀는데 그것도 완벽할 정도라 그게 되려 애교로 느껴지니 신기하지요. 『신곡』의 주요 인물이 그 유명한 비체 포르티나리라는 걸 알아도 화낼 기분조차 들지 않았습니다.

그이의 사후에 몰수당했던 제 지참금은 반환되었기에 귀국하려 했으면 가능했겠지만 그대로 라벤나에 머물기로 했습니다. 딸아이 안토니아가 이곳에서 수녀가 된 것도 라벤나에서 생을 마치려고 결심한 이유 중 하나입니다. 아들 하나는 피렌체에 귀국했고, 또 다른 아들은 베로나에서 판사로 일하고 있습니다. 열아홉 해에 이르는 아버지의 추방생활 속에도 그나마 아이들이 반듯하게 자라준 것이 무엇보다 다행스러운 일이었다고 생각합니다.

성 프란체스코 어머니

프란체스코가 주장하는 신앙은 사랑의 신앙이라고 사람들은 말합니다.
지옥이나 벌 등으로 으름장을 놓는 무서운 종교와는
다른 점이 사람들의 심금을 울린 것이라 합니다.

그 아이는 그게 말이죠, 1182년 9월에 태어났습니다. 제가 이곳 아시시에 온 지 얼마 안 되었을 때니까요.

피에트로 베르나르도네와는 제가 태어난 아비뇽에서 결혼했습니다. 남편은 모직물을 취급하는 상인으로 프랑스에도 사업차 자주 오갔던 모양입니다. 마침 제 아버지와 거래가 있었는데, 저를 보고 첫눈에 반해 아내로 맞이하고 싶다고 청혼한 것입니다.

이탈리아인에게 시집가는 것이 그리 특별한 일이라고는 생각하지 않았습니다. 친척 중에도 피렌체의 상인과 결혼해 행복하게 잘산다는 이야기는 아비뇽을 방문한 피렌체의 상인한테 들어서 알고 있었답니다. 게다가 결혼을 하기는 했으나 사업상 파리나 리옹, 마르세유에 가는 일이 잦은 남편은 집을 비우는 날이 많아 덕분에 처녀 시절과 마찬가지로 어머니와 함께 지내는 날이 많았던 것입니다.

남편은 저를 이탈리아로 데려가기 위한 채비도 하지 않고 느긋하게 있었습니다. 그러나 저의 임신 사실을 알고는 당장 출발하자고 서두르는 것이었습니다. 아들은 꼭 아시시에서 낳아야 한다며, 마치 태어날 아기가 남자로 정해진 것 같은 말투였습니다. 저는 언젠가 남편의 집이 있는 아시시로 가야 할 날이 오리라는 마음의 준비를 하고 있었고, 몸 상태도 양호해 임신 중의 장거리 여행임에도 불구하고 부모님조차 크게 걱정하시는 것 같지 않았습니다. 때는 바야흐로 봄, 한가로이 긴 여행을 떠나기에는 아주 좋은 계절이었습니다.

부모님께서는 아비뇽을 둘러싼 성벽 밖의 다리 밑까지 나와 배웅해주셨습니다. 제가 당나귀 등에 몸을 맡긴 채 다리를 다 건너도록, 그리고 커다란 떡갈나무가 있는 모퉁이로 접어들도록 그 자리에 내내 서 계셨습니다. 돌이켜보면 그때가 영원한 이별이었던 것입니다. 남자분들은 사업차 종종 외국으로 나가기도 하지만 아주 지체 높고 귀한 분들이라면 몰라도 저와 같은 여자들은 손쉽게 외국 여행이란 꿈도 꿀 수 없는 시대였습니다. 저는 프랑스에서 태어났지만 파리는 물론 남프랑스의 리옹조차 이 나이가 되도록 가본 적이 없으니까요.

여행은 어떤 목적으로 떠나든 마음이 들뜨는 법이지요. 젊은 나이의 저는 부모님과의 슬픈 이별도 다음날엔 싹 잊어버릴 정도였습니다. 프로방스의 봄풍경도 아름다웠지만, 지중해를 오른쪽으로 바라보면서 들어간 이탈리아는 문자 그대로 봄의 제전이 펼쳐졌습니다. 아우렐리아 도로 양옆에는 꽃들이 흐드러지게 피어 있었고, 바다를 건너오는 미풍에서는 꽃향기가 은은하게 느껴지는 봄. 제노바에서는 헤아릴 수 없을 정도로 많은 배가 항구를 가득 메우고 있었습니다.

"이 배들은 전부 저 멀리 팔레스티나까지 간다오."

그렇게 남편이 가르쳐주었지만 성지 예루살렘까지의 그 먼 바닷길을 대수롭지 않게 여기다니, 이탈리아 상인의 활약상을 프랑스 상인 따위는 도저히 흉내도 못 낼 것이라고 감동했던 일을 기억하고 있습니다.

제노바에서도 똑같은 아우렐리아 도로를 지나 이번에는 남쪽으로 내려와 피사에 도착했습니다. 이곳도 제노바나 저희들이 지나가지 않았던 베네치아와 마찬가지로 항구도시로 유명하다는데, 소문대로 항구에는 수많은 갤리선이 정박해 있는 것이 보였습니다. 이 나이 먹도록 바다를 본 적이 없었던 저는 모든 것이 신기하기만 해서 임신 중이라는 사실조차 잊고 말았습니다.

피사에서는 지중해에 작별을 고하고 아르노 강을 따라 피렌체로 향했습니다. 피렌체의 거리가 얼마나 아름다웠던지. 꽃의 도시라는 말 그대로 성벽 안팎 모두 꽃의 향연. 게다가 길가에는 프랑스인이 어찌나 많던지.

"피렌체하고 프랑스는 특히 상거래가 활발하다오"라며 남편이 설명해주었습니다. 그리고 잠깐 들른 친척 한 분도 "프랑스어를 말할 기회가 적지 않아서 한 번도 외롭다는 생각은 한 적이 없어요"라고 웃으며 말했습니다.

피렌체에서 며칠 쉰 다음 마침내 목적지인 아시시로 출발했습니다. 그때까지의 여행은 대부분 바닷가나 강 근처로 난 길을 이용했기에 평야를 지나는 일이 많았는데 이제부터는 구릉지대를 지나야 했습니다. 그래서 남편은 피렌체에서 며칠 쉬게 한 모양입니다만 이번에도 남편이 걱정할 만큼 버겁게 느껴지지 않았습니다. 아레조, 코르토나, 페루지아 등 프랑스에서는 구경할 수도 없는 언덕 위에 마을이 줄줄이 늘어서 있었습니다. 산

중턱에 집들이 다닥다닥 달라붙어 있었으며, 그 한가운데에 교회의 종루가 한층 더 높이 솟아 있는 풍경은 사방을 둘러보아도 평야밖에 없는 프랑스에서 온 저에겐 몹시 신기하게 보였고 바라보고만 있어도 싫증이 나지 않을 정도였습니다.

아시시도 이런 도시 중의 하나였습니다. 별로 높지 않은 산중턱을 따라 형성된 마을로 멀리서 보면 성벽이 마을 주변을 둘러싸고 있는 모습이 한눈에 들어왔습니다. 마을은 남서쪽으로 면해 있다고 하는데, 마침 저희가 도착한 시각은 오후여서 햇빛을 정면으로 받고 있는 광경은 마치 고요히 잠들어 있는 것처럼 보였습니다.

넓은 계곡을 사이에 둔 건너편에도 똑같이 생긴 마을이 있었는데, 남편이 스포레토라고 가르쳐주었습니다. 아시시와는 사이가 나쁘다는군요.

구불구불한 길을 올라가니 마을로 들어가는 문이 나왔습니다. 남편은 이곳에서 꽤나 알려진 인물인지 문지기가 통행허가증을 보이라는 요구를 하지 않았습니다.

그날 밤은 지쳐서 빨리 쉬고 싶었는데 그럴 수가 없었습니다. 번갈아 가면서 남편 친구들과 친척들이 찾아왔습니다.

"프랑스에서 온 신부를 보고 싶어서야."

남편은 웃으며 말했지만 피렌체와는 달리 이곳 아시시에는 프랑스인이 한 명도 없다는 걸 다음날부터 거리를 돌아다녀 보고 알게 되었습니다. 길에 서서 수다를 떨고 있던 사람이 이야기를 멈추고 저를 쳐다보기도 하고, 아무도 없는 길가에서도 길 양쪽 집들의 창문이 살짝 움직인 것 같기도 했습니다. 적의가 있는 것이 아니라 그저 신기해서였겠지요. 그 무렵의 저는 이탈리아어를 잘 모르기도 했고 필요한 상대하고만 말을 했기에 괜스레 사람들의 호기심을 자극했던 것인지도 모릅니다.

해산을 앞둔 몇 달이 순식간에 지나갔습니다. 넓은 저택에 익숙해지는 것과 남편 가게에서 일하는 지배인에서 사환, 그리고 하녀들을 부리기까지의 정신적 피로. 이탈리아인은 프랑스인과 달리 영리하기는 하나 빈틈없고 약빠른 구석이 있어 느긋하게 자란 저로서는 이런 점이 상당히 낯설고 힘들었습니다.

남편이 지켜보고 있으면 별문제가 없습니다. 그런데 남편은 이곳 아시시에서도 사업상 집을 비우는 일이 잦았고, 제가 갑자기 산기를 느꼈을 때에도 로마에 가고 없었습니다.

임신기간 동안 편안하게 지낸 대가였는지 출산 때는 심한 산고를 겪었습니다. 아침에 시작된 진통이 끝난 것은 밤이 되어서였습니다. 남편이 미리 주선해놓은 산파와 하녀의 도움을 받았는데 지금까지 느껴본 적이 없는 두려움으로 인해 어머니가 곁에 계셔주었더라면 하는 생각조차 떠오르지 않았습니다.

"아드님이세요, 마님."

산파가 귓전에 대고 속삭이는 말에 사지가 온전한 아기인지 물어보고는 건강하다는 대답에 안도해 그대로 정신을 잃고 말았습니다.

다음날 찾아온 시어머니는 아이의 이름을 조반니로 정한 것처

럼 말씀하시는 것이었습니다. 아들이면 프란체스코, 딸이면 프
란체스카로 지으려고 마음먹고 있었기에 크게 낙담했지만, 할
아버지의 이름을 따르는 것이 관례라고 하는 데는 따를 수밖에
없었습니다. 시아버지는 이미 돌아가시고 안 계셨지만.

출산 소식을 듣고 예정보다 일찍 귀가한 남편은 아들이 태어
나 대를 이을 후사가 생겼다고 아주 뿌듯해했습니다. 원래 다정
다감한 사람이었지만 그때는 정말 흐뭇해서 어쩔 줄 몰라했습
니다. 몸조리를 하느라 자리에서 일어나지 못하는 제가 머뭇거
리며 "아기 이름을 프란체스코로 하면 안 될까요"라고 묻자 잠
시 생각하더니 "이탈리아 남자로서는 좀 이상한 이름이지만 괜
찮아"라고 대답했습니다. 프란체스코, 제 아들의 이름은 이런
사연 끝에 붙인 것입니다. 이탈리아어로는 프랑스인이라는 뜻
입니다. 이 이름이 정해졌을 때 저는 덩실덩실 춤이라도 추고
싶을 만큼 기뻤습니다.

"프란체스코." 사람들 앞에서는 그렇게 불렀지만 아무도 없으
면 "프랑수아"라고 프란체스코를 프랑스식으로 부르곤 했습니
다. 이탈리아 노래를 모르는 저는 자장가도 프로방스 지방의 노
래로 들려주었습니다. 아직 아무것도 모르는 아기였으나 둘이
서만 있으면 프랑스어로 말을 걸었습니다.

프란체스코는 참으로 순한 아기였습니다. 밤에 보채지도 않고
뭔가 이유가 있어야만 울었고 그걸 해결해주면 바로 울음을 그
쳤습니다. 눈 속에 집어넣어도 아프지 않을 만큼 사랑스러워 유
모가 할 일이 없어 난감하다고 넋두리를 늘어놓을 정도로 아들

과 지내는 시간이 많았습니다. 친구도 없고 교회에 갔다가 미사가 끝나면 바로 귀가하는 것쯤은 하나도 힘들지 않았습니다. 시어머니는 그런 저를 보고 아직까지 프랑스인 행세를 하는 게 문제라고 흉을 보았다고 합니다만.

시어머니는 사람이 나쁘지는 않습니다. 단 병적일 정도로 깔끔한 성격에 절약이야말로 최고의 미덕이라고 여기는 사람. 제게 대놓고 잔소리를 한 적은 없습니다만 밝고 아름다운 것을 좋아하며 즐거운 일이라면 시간 가는 줄 모르는 저와는 어차피 서로 마음이 통하는 사이는 아니었습니다. 그래도 둘 사이가 눈에 띌 정도로 나빠지지 않은 것은 시어머니의 불평을 흘려버리고 마는 남편 덕과 제 자신이 될 수 있으면 거리를 두고 대했기 때문입니다.

고독한 나날들이었는지도 모릅니다. 언젠가 아비뇽에 다녀온 남편이 친정 어머니한테 받은 것이라며 프로방스 지방 특유의 자수가 놓인 블라우스를 가져온 적이 있습니다. 제게는 블라우스도 기뻤지만, 깨끗이 세탁은 했으나 낡아서 버릴 정도로 해진 블라우스를 쌌던 천 조각을 도저히 버릴 수가 없어, 그렇다고 걸레로 쓰기는 아깝고 어디다 쓸 예정도 없지만 소중히 간직해 둔 적이 있습니다. 이렇듯 고국을 떠나 사는 사람은 그 고충을 맛보지 않은 사람은 상상도 못할 이상한 행동이나 표현 등을 하게 되나 봅니다.

그러는 사이에도 프란체스코는 쑥쑥 건강하게 자랐습니다.

제가 혼자 있을 때 외롭지 말라고 남편이 선물해준 고양이를 놀이 상대로 삼으며. 다만 고양이와 너무 가까이 지내다 보니 엉금엉금 기는 게 당연하다고 여겼는지 좀처럼 서서 걸으려 하지 않아 걱정을 했지만, 기는 건 얼마나 잘하는지 아주 빨랐답니다.

몇 살 적이었을까요, 두 살 때였나, 저를 따라 뒤꼍 채소밭에서 새에게 빵 부스러기를 주기 시작한 것은. 마음이 맞는 이야기 상대가 없던 저는 전부터 채소밭에 모여드는 새들에게 먹다 남은 빵을 주는 것이 습관처럼 되어 있었습니다. 빵 부스러기를 주면서 새들한테 프랑스어로 말을 거는 것이지요. 일부러 그런 건 아니지만 이탈리아어가 아닌 프랑스어가 저절로 나온 것입니다. 어린 프란체스코와 즐기는 햇볕이 내리쬐이는 뒤뜰에서의 한때는 제게 없어서는 안 될 귀중한 시간이 되었습니다.

아장아장 걷던 프란체스코도 제 흉내를 내서 새들에게 말을 거는 것이었습니다. 저처럼 프랑스어로 말을 걸어도 아직 더듬거리는 말투, 때론 서투른 이탈리아어도 섞여 있었습니다. 딱딱하게 굳은 빵이라도 물에 적셔주면 새들이 먹기 쉽다는 걸 배운 것도 그 무렵이었습니다. 프란체스코는 세 살, 네 살, 다섯 살, 여섯 살, 이런 식으로 성장해갔습니다.

훗날 성자(聖者)로 이름이 났을 때 새들에게 설교하고 있는 성 프란체스코라는 소문이 제게도 전해졌습니다. 그 말을 들은 저는 흘러내리는 눈물을 억누를 수가 없었습니다.

'그 아이는 새들한테 어려운 설교를 하는 게 아니에요. 그저

다정하게 말을 거는 거랍니다. 어렸을 적 어머니와 함께 그랬던 것처럼.'

저는 속으로 이렇게 중얼거리며 내 아들은 그걸 프랑스어로 말했을까, 아니면 이탈리아어로 말했을까 하고 생각하니 기쁨과 더불어 조금은 우스운 생각도 들어 울다 웃다 했습니다.

프란체스코는 자라면서 근처 아이들과 어울려 노는 일이 많아졌습니다. 그럴 때 문제가 생긴 것입니다. 아이들 세계는 의외로 잔혹한 법. 아주 사소한 것이라도 자기들과 다른 구석이 보이면 그걸 놀림거리로 삼는 모양입니다. 아직 어리긴 하나 프란체스코는 이탈리아어와 프랑스어를 이해할 수 있었습니다. 그런데 정작 말을 하게 되면 둘 다 완전하지 않았고, 같은 또래의 아이들과 비교하면 이탈리아어가 서투른 것이 눈에 띄었습니다. 좀더 크면 양쪽 말 모두 능숙히 잘할 수 있게 되겠지만, 다섯 살 나이로는 큰 짐이었을 겁니다.

이 일로 여러 차례 놀림을 받은 아들에게 저는 프랑스어로 말하는 걸 그만두었습니다. 이탈리아인답게 모국어인 이탈리아어를 먼저 익히는 것이 중요하다고 생각했기 때문입니다. 프랑스어로 서로 이야기하는 것도 프란체스코가 이탈리아를 다 배우고 나서 다시 시작하면 될 테니까요. 그래도 혼잣말을 할 때나 새한테 빵 부스러기를 줄 때는 프랑스어가 섞이는 때도 있었습니다. 이 때문인지 프란체스코가 프랑스어를 완전히 잊어버리는 일은 없었습니다.

동물이나 어린아이에게는 아주 상냥하고, 내성적인 데가 있어도 음침하지는 않으며, 밝고 건강했던 아들은 여섯 살이 되면서 교회의 사제님에게 다니기 시작했습니다. 마을의 귀족이나 거상의 아들들은 교회에 딸린 수도원에서 매일 라틴어와 산술을 배우는 것이 관례였습니다.

프란체스코는 특히 라틴어를 좋아하는 듯했습니다. 습득도 빨라 사제님께서 학자로 키웠으면 좋겠다고 말씀하셨다 합니다. 그 말을 들은 남편은 언짢은 기색으로 말했습니다.

"상인의 대를 이을 거니까 산술을 잘해야지."

저는 학자가 된다면 사제님과 똑같은 옷을 입는 걸까 하는 상상을 하면서 어쩌면 그 편이 프란체스코한테는 더 잘 어울릴 것 같다고 생각했지만 입밖에 내지는 않았습니다.

아들은 열대여섯 살쯤 되자 젊음을 발산시키기라도 하듯 밖으로 나도는 일이 많아졌습니다. 거지에게 적선을 할 때는 너그러운 모습을 보였는데 친구들에게도 같은 태도로 대하는 듯했습니다. 전쟁 때문에 영지가 황폐해지는 일이 빈번한 귀족보다 거상이 행세를 하던 시대이기도 했지만 말입니다. 프란체스코와 그 친구들은 아시시의 철없는 2세라고 불려 지엄하기만 한 어른들의 평판은 좋지 않았지만 제게는 지금까지의 프란체스코와 조금도 다를 바 없는 심신 건강한 젊은이로 보였습니다.

1204년의 일이니까, 프란체스코가 스물두 살 되던 해에 일어난 사건입니다. 예전부터 사이가 좋지 않았던 스포레토와의 사이가 절망적인 관계로 바뀌면서 마침내 전쟁이 일어나고 말았습니다. 프란체스코는 아버지의 가게 일을 도우며 친구들과 무술을 배우고 있었기 때문에 제일 먼저 전쟁터에 불려나갔습니다. 아버지가 밀라노에서 들여온 멋진 갑옷을 입고 철제 마구(馬具)를 단 말에 올라타고 출진하는 아들의 모습이 제게는 프랑스 민화에 등장하는 기사가 연상될 만큼 늠름한 전사처럼 보여서 반할 것만 같았습니다.

얼마 후 아시시의 패전 소식이 들렸고 이어 아시시 측의 포로가 된 사람들의 이름이 전해졌습니다. 아들 이름을 명단에서 발견했을 때 저의 가슴은 갈기갈기 찢어지는 듯했습니다. 남편은 십자가 앞에 꿇어앉아 꼼짝 않는 저를 위로하며 말했습니다.

"이탈리아에서는 프랑스와 달리 포로를 죽이지는 않소. 쌍방에서 포로 교환 이야기가 마무리지어질 때까지만 참으시오."

그래도 아들의 모습을 보기 전까지는 음식이 목에 넘어가질 않았습니다.

무사히 귀환한 아들은 언뜻 보아서는 전혀 달라진 데가 없는 것 같아 우선 한시름 놓았습니다. 그런데 사흘이 채 못 되어 심한 고열이 나고 축 늘어진 채 누워 미동도 하지 않는 것이었습니다. 저는 아들의 곁을 한시도 뜨지 않고 병구완을 했습니다.

열흘쯤 지나 열은 내렸지만 포로생활의 피로가 한꺼번에 몰리는지 아들은 좀처럼 병상에서 일어나지 못했고, 창밖의 푸른 하늘을 바라보거나 종달새가 지저귀는 소리에 귀를 기울이기도 하면서 말수가 점점 줄어들었습니다. 뭔가를 생각하는 것 같았지만 곁에 있는 제게도 털어놓으려 하지 않았습니다. 저는 처음으로 아들이 뭘 생각하는지 이해할 수 없게 된 것에 불안함을 느꼈고, 그것을 남편에게 말도 못한 채 홀로 속을 태울 수밖에 없었습니다.

2년이 지났습니다. 프란체스코는 전과 다름없이 착한 젊은이 였지만 예전의 쾌활함은 사라지고 상념에 잠기는 일이 많아진 것 같았습니다. 그래도 저희는 별로 걱정을 하지 않고 지냈는데 어느 날 갑자기 하녀가 달려와 이렇게 알렸습니다.

"도련님이 나병 환자들을 포용하며 입맞춤하셨다는 소문이 온 거리에 쫙 퍼져 있습니다."

가게에 있던 남편은 그 말을 듣곤 아무 말 없이 밖으로 달려나 가더니 잠시 후 프란체스코를 끌고 돌아왔습니다. 다음날부터 아들은 자기 방에 갇히고 말았습니다. 나병 환자는 가까이하면 감염된다고 사람들이 겁을 냈기 때문에, 희고 긴 가운 같은 옷 으로 전신을 감싸고 걸을 때에는 방울을 들고 흔들어야만 하는 규칙이 정해져 있었습니다. 방울 소리를 들은 사람들이 어디서 든 피할 수 있도록 하는 배려에서 생긴 것입니다.

나병에 걸린 사람은 가족들한테도 버림받았고, 전문병원에 들 어간 사람은 그나마 다행인 편이라고 할 수 있었으며, 대부분은 성벽 밖 숲속 등에 모여 살고 있었습니다. 이토록 꺼려하는 나 병 환자를 끌어안고 입맞춤을 하다니 정신이 돌지 않고서야 할 수 없는 망령된 행동이었습니다.

며칠 후 방을 빠져나간 아들은 가게에 쌓여 있는 옷감을 길가는 사람들에게 거저 나눠주기 시작했습니다. 사유 재산을 모으는 일에만 몰두하는 건 악이라고 외치면서. 남편은 이번에는 노하기보다는 절망감에 빠져 총독에게 고소하고 말았습니다.

시내 광장에서 펼쳐진 부자간의 대립을 어머니인 저는 사람들 뒤에서 지켜보고 있었습니다. 절망과 슬픔에 싸여 아무 생각도 못한 채 말입니다. 마침내 프란체스코가 "난 아무것도 필요없어!"라고 외치며 걸치고 있던 옷을 훌훌 벗어던지고 속옷 한 장이 되었을 때 저는 그만 눈을 가리고 집으로 도망쳐 들어갔습니다. 사람들이 퍼붓는 조소가 언제까지고 귓가에 맴돌아 저를 괴롭혔습니다. 이날 이후 아들은 집을 나가고 말았습니다.

며칠 동안 아들의 소식을 알 수 없었습니다. 얼마쯤 지나자 어떤 사람은 숲을 향해 걸어가는 프란체스코를 보았다고 하고, 또 어떤 사람은 빵을 구걸하는 아들을 보았다고 전해주기도 했습니다. 그러던 어느 날 성벽 밖 계곡에 낡고 부서진 채 방치되어 있는 교회를 프란체스코 혼자서 수리하고 있다는 이야기를 들었습니다.

"아들 하나 죽은 셈치면 돼."

남편은 그렇게 말하며 아들과 만나는 것을 엄격히 금했습니다만 제 발걸음은 저절로 성문으로 향하고 있었습니다. 무너진 교회 벽 사이에서 뭔가 움직이는 것을 보았을 때 제 발걸음은 거기서 딱 멈춰서고 말았습니다.

넝마를 걸쳤을 뿐인 아들은 홀로 묵묵히 돌을 쌓고 있었습니다. 멀리서 보아도 눈에 띌 정도로 까칠해진 모습에 가슴이 뭉

클해졌습니다. 살짝 다가간 저는 벽 반대편으로 갔습니다. 눈에 띄는 게 끔찍할 것 같은 생각이 들었던 것입니다. 하지만 아들이 갑자기 휘청거렸을 때 저는 그만 저도 모르게 그가 들고 있던 돌을 받쳐 들고 말았습니다. 저랑 시선이 마주친 아들은 아주 자연스러운 발음으로 말했습니다.

"메르시, 마망."

참고 있던 눈물이 봇물 터지듯 쏟아진 건 바로 그때였습니다. 아들은 그저 눈물만 흘리고 있는 저를 한동안 말없이 끌어안고 있었습니다. 그때 본 프란체스코의 환한 표정, 부드러운 눈빛은 언제까지고 잊을 수가 없습니다. 역시 제 아들, 사랑하는 프랑수아였던 것입니다.

그후 저의 일과는 남편 몰래 아들에게 음식을 날라다주는 것으로 바뀌었습니다. 그러는 사이에 하나 둘 교회를 수리하는 아들에게 도움을 주는 사람들이 나타난 것입니다. 모두 프란체스코와 같은 또래의 아시시의 젊은이였습니다. 전문가의 솜씨는 아니지만 나름대로 어느 정도 교회가 완성되었을 때에는 동지가 여덟 명으로 늘어났습니다.

이 사람들은 모두 아들을 따라 넝마를 걸치고 있을 뿐인지라 저는 옷을 만들어주기로 마음먹었습니다. 소박한 옷이 아니면 안 된다는 것쯤은 아들이 말을 안 해도 알고 있었기에 남편 가게에 쌓여 있는 옷감을 나를 때 감싸는 거친 마포를 이용해 긴 천에 소매와 두건을 달았을 뿐인 옷이랄 수도 없는 간단한 것이었습니다. 허리띠도 짐을 묶을 때 쓰는 끈을 적당히 자르면 그걸로 충분했습니다. 프란체스코가 얼마나 좋아하던지. 어머니인 저로서는 아들이 거지와 똑같은 넝마를 걸치지 않은 것만으로도 만족했습니다.

아들과 그 동지인 젊은이들은 포교활동을 떠났습니다. 가끔 풍문으로 구비오의 나병원에서 일하고 있다거니 이탈리아 각지에서 신자가 늘고 있다거니 하는 소문이 제 귀에도 들려왔습니다. 그 무렵의 저는 무슨 말을 들어도 마음이 혼란스럽지 않았습니다. 아들과 그에 공감하는 사람들이 프란체스코 종파로서 교황님으로부터 인정을 받았다는 소식만큼은 얼마나 기쁘게 여겼는지 모릅니다. 프랑스로도 전파되고 있다는 소문을 들었을 때는 가슴이 뜨거워지는 걸 느꼈습니다.

프란체스코가 주창하는 신앙은 사랑의 신앙이라고 사람들은 말합니다. 지옥이나 벌 등으로 으름장을 놓는 무서운 종교와는 다른 점이 사람들의 심금을 울린 것이라 합니다. 어려운 이야기는 잘 이해하지 못하는 제가 보기에도 아들은 자신의 성격에 충실했을 뿐이라고 생각됩니다.

아들은 마흔네 살의 나이로 아시시에서 숨을 거두었습니다. 프란체스코 종파는 이탈리아 최고의 종단이 되었고 아시시에서 그를 비웃는 사람은 없었으며, 거상들조차 공감하는 사람이 늘어나 아들의 말년은 영광으로 빛나는 것 같았습니다. 하지만 다정함과 밝음만은 끝내 잃지 않았습니다. 고생스러운 포교생활이 아들의 명을 재촉한 것이겠지요. 저에게는 손이 닿지 않는 듯하면서 실은 늘 곁에 있어준 것만 같은 아들이었습니다.

유다 어머니

그후의 유다 어머니 소식을 아느냐구요? 물론 알다마다요.
아주 유명인이 되었거든요. 그 어머니가 책을 출판했으므로
당시에는 사람들 주목을 끌지 못했던 유다의 행위를
많은 사람들이 알게 되었다고 합니다.

아, 제가 누구냐고요? 이스카리오테의 유다(가리옷 유다라고도 함—옮긴이)에게 읽기와 쓰기를 가르친 유대교의 사제입니다. 유대 민족의 남자들을 모아 가르치는 것은 저희들의 임무이기도 했으니까요.

그 당시의 유다는 어떤 소년이었냐고요?

그게, 그다지 특출하게 인상에 남는 타입은 아니었습니다. 고분고분 말은 잘 들었지만 읽고 쓰기는 그저 그랬고 다른 아이들과 비교해서 교사가 특별히 만족할 만한 아이는 아니었지만 그렇다고 애를 먹이는 아이도 아니었습니다.

약간 의기소침한 데가 있었던가. 뭐, 그런 어머니 밑에서 자라면 누구나 그렇게 될 겁니다.

맞아, 아이는 딱히 인상에 남는 존재가 아니었지만 그 어머니에 대해서는 아주 잘 기억하고 있습니다. 다른 평범한 어머니들과는 아주 달랐으니까요.

어떻게 달랐느냐고요?

우선 자기 아들은 무슨 일이 있어도 다른 아이들보다 뛰어나야 한다고 굳게 믿고 있었지요. 그래서 유다의 성적이 조금이라도 떨어지면 저에게 바로 항의를 하러 왔습니다. 제가 가르치는 방식이 나쁘다는 거지요. 본인도 읽기와 쓰기를 할 줄 알았으니까 아들의 공부를 봐줄 수 있었던 겁니다. 대부분이 문맹이었던 다른 어머니들은 자신의 아이가 조금이라도 읽고 쓰게 되면 그 것만으로 만족해하던 시대에 역시 눈에 띄는 존재였습니다.

아이 교육에 열심이었다는 것은 유다의 석판을 보기만 해도 금방 알 수 있었지요. 다른 아이들은 전날 학교에서 썼던 것을 그대로 가지고 오지만 유다만은 몇 번이나 지웠던 자국이 선명하게 남아 있는 석판을 들고 왔습니다. 틀림없이 집에서 어머니가 복습을 시켰을 겁니다. 덕분에 유다는 늘 반에서 성적이 좋은 편이었지요.

유다의 아버지 역시 출신지 이름을 따서 이스카리오테의 유다라고 불렸는데, 아주 평범하면서도 성실한 관리였다고 합니다. 한번은 늘 하던 식으로 교사인 제가 가르치는 모습을 참관, 이라기보다 감시하러 온 유다의 어머니가 한바탕 불만을 늘어놓은 다음 이렇게 말한 적이 있습니다.

"아들은 아버지보다 출세해야 돼요. 아니, 제가 낳은 아이니까 못할 것도 없겠지요."

또 시작이구나 생각하며 저는 평소대로 그냥 흘려듣고 말았습니다.

그러고 나서 얼마 후 유다는 졸업을 했습니다. 읽기와 쓰기만 깨치고 나면 유대교의 사제가 될 것도 아닌 바에야 더 이상 공부할 필요는 없었으니까요. 공부를 마친 유다가 그후 뭘 했는지는 모릅니다. 아버지의 일을 돕고 있다는 소문을 들은 적은 있지만 말입니다.

다만 안식일마다 신전에서 보았습니다. 늘 어머니와 함께 있었지만요. 그들과 이야기를 나눈 적은 없습니다. 사제인 저는 제단 위에서 발견하곤, 아 와 있구나 할 정도였습니다. 사제로서 따로 할 일이 있었으니까요.

최근의 일입니다. 유다의 어머니가 자주 학교에 모습을 보이게 된 것은. 저 역시 아이들을 가르치느라 바쁩니다. 훨씬 전에 가르친 제자의 어머니에게까지 마음을 쓸 여유는 없었습니다. 그런데도 유다의 어머니는 제 일이 끝날 때까지 끈기 있게 기다렸다가 상담을 하는 것이었습니다. 상담이라기보다 넋두리라는 편이 좋을 것 같지만 말입니다. 남편도 상대해주지 않는다는 이야기를 어쨌든 옛 스승인 제가 옛 제자의 이야기를 들어보기로 했습니다.

그녀는 유다가 일도 가족도 버리고 예수라는 이름의 청년이 이끄는 집단에 들어가고 말았다고 했습니다.

목수의 아들이라는 젊은이의 소문은 저도 언뜻 들어 알고 있었는데, 설마 그 얌전한 유다가 그렇게 대담한 행동을 할 줄은 상상도 못했습니다. 그 이야기를 하는 유다의 어머니는 분해서 견딜 수가 없다는 듯 매우 흥분해 있었습니다.

"선생님, 전 유다를 낳은 뒤 금이야 옥이야 하면서 키웠습니다. 학교도 철저히 조사해서 선생님이나 학생들의 질이 좋다는 곳에 넣었고, 공부도 늘 옆에 붙어서 남들보다 잘하도록 돌보았지요. 아버지보다는 출세해야 하지 않겠어요. 그런데 이게 웬일입니까. 히피나 다름없는 집단에 들어가다니. 그 인간들은 목수의 아들에 어부, 농사꾼이라 하지 않습니까. 어울리는 친구도 좋은 집안의 아들하고만 사귀도록 신경을 쓴 유다한테는 어울리지 않는 무리들입니다. 어떻게 그런 하층의 인간들과 어울리게 되었는지. 정말, 지금까지는 착하고 제 말이라면 뭐든 잘 듣던 유다가 갑자기 아이가 변한 것처럼 막무가내입니다."

저는 신기하게도 이야기를 듣는 동안 예전의 제자였던 유다에게 흥미를 느끼기 시작했습니다. 그래서 저의 옛 제자이자 유다의 후배가 되기는 하나 소년 시절의 유다를 모르는 제자들을 신전에서 만났을 때, 이스카리오테의 유다라는 사람의 소식을 듣게 되면 알려달라고 부탁해 두었습니다.

이미 그 무렵에는 그리스도(구세주)라고 스스로 선언하기 시작한 예수와 그 일당에 대한 이야기가 유대 사람들 입에 오르내리지 않는 날이 없을 정도로 소문이 자자했기에 유다의 소식을 얻는 것은 그리 힘들지 않았습니다. 다만 그렇게 해서 안 사실을 과연 유다의 어머니에게 알려야 할지 말아야 할지 저로서는 판단을 내리기가 어려웠습니다. 그러다가 결국 유다의 어머니한테는 아무런 이야기도 전하지 않기로 했습니다.

예수에게는 열두 명의 제자가 있다고 합니다. 베드로라 불리게 되는 시몬, 그 형제인 안드레아, 제베데오의 아들인 야고보와 그 형제 요한, 빌립보와 바르톨로메오, 토마와 세무원이었던 마테오, 알패오의 아들 야고보와 타대오, 거기에 가나안 사람 시몬과 이스카리오테의 유다였습니다.

고을고을을 돌며 가르침을 전하는 예수에게는 물론 이 열두 명뿐 아니라 가난한 사람과 여자들이 뒤를 따라다닌다고 하는데, 이 열두 명이 수제자였던 것입니다. 수제자라고는 하나 조금이나마 학문이 있는 자는 마태오와 요한, 그리고 유다뿐으로 어부 출신이 많았기 때문에 유다가 수제자 속에 끼였다는 것이 조금도 신기하지는 않았습니다. 오히려 유다가 어째서 고작 목수의 아들 정도의 사람에게 영향을 받았는지 그게 더 의문이었습니다.

예수의 이 종교적 활동이라는 것은 이곳 유대의 땅에서는 딱히 특이한 일이 아니었으며, 비슷한 내용을 설교하러 다니는 자는 지금까지 여러 명 있었습니다.

우리 유대민족은 척박한 자연에 맞서 살아갈 수밖에 없는 환경에 처해 있었기에 절대적인 무언가를 추구하는 성향이 강했고, 이에 보다 박차가 가해진 것이지요. 말하자면 우리들만큼 관념적인 민족도 없겠지만, 그렇기 때문에 지금까지의 활동은 지나치게 관념적이어서 결국 서민의 마음을 사로잡기에 이르지 못했던 것입니다. 몇몇 활동도 한정된 범위의 사람들만이 광신적으로 믿고 있었던 것에 불과합니다. 그런 와중에 예수라는 젊은이가 말하는 가르침은 이제와는 달리 매우 구체적이고 알기 쉽다며 설교를 들은 대다수의 사람들은 말하더군요.

그랬기에 학식 있는 남자들은 이렇게 그를 경멸했습니다.

"저런 말은 여자와 아이들이나 듣는 거야."

실제로 예수를 따라 이 마을 저 마을을 떠도는 신자들의 집단에는 여자와 아이라 불러도 될 만한 소년들이 많았지요.

어쩌면 그것도 예수의 가르침의 방향과 일치한 점인지 모르겠습니다. 그게 뭐냐 하면, 어느 날 안색이 변한 유다의 어머니가 저한테 와서 이렇게 말했습니다.

"세상에 웬일입니까, 선생님. 그렇지 않아도 히피 같은 집단에 들어간 게 속상해 죽겠는데, 우리 애가 글쎄 그 안에서도 넘버원이 아니라는군요. 목수의 아들이 어부를 지명했대요. 흥, 유유상종이라더니."

격정적으로 말하는 어머니를 달래 이야기를 차근차근 들어본 결과 이런 내막일 거라는 짐작이 갔습니다.

빌립보의 가이사랴 지방에 있던 예수가 제자들에게 물었다고 합니다.

"사람들은 사람의 아들을 누구라고 하느냐?"

"어떤 이는 세례자 요한이라 하고, 어떤 이는 엘리야, 또 다른 이는 예레미야, 또는 예언자의 하나라 합니다."

그러자 예수는 되물었다 합니다.

"그럼 너희들은 나를 누구라고 생각하느냐?"

"당신은 그리스도, 살아 계신 하느님의 아들입니다."

이에 예수는 대단히 흡족해하며 말했답니다.

"시몬 바요나, 너는 복이 있도다. 그 계시는 혈육이 아니요, 하늘에 계신 내 아버지로부터 나온 것이다. 내 너에게 이르노니 너는 이제 베드로, 반석이다. 나는 이 반석 위에 교회를 세울 것이며 지옥의 문이 이에 이기지 못하리라. 내 너에게 천국의 열쇠를 주리니 네가 땅에서 매는 것은 하늘에서도 매일 것이요, 네가 땅에서 푸는 것은 모두 하늘에서도 풀릴 것이라."

즉 스스로를 그리스도라 칭하던 예수는 자신의 후계자로 베드로를 지명한 것이지요. 유다의 어머니한테는 자기가 애써서 키운 자랑스러운 아들을 제치고 무지막지한 어부 출신이 톱으로 뽑혔다는 것이 참을 수 없었던 것입니다.

저는 사실 웃음이 나서 혼났습니다. 유다의 어머니는 자기가 그토록 흉을 보던 일파이니 아들이 그 속에서 중요 인물로 발탁되지 않았으니 좋아해야 할 텐데 거꾸로 화가 나서 펄쩍펄쩍 뛰니 말입니다. 일단 저는 이런 식으로 위로했습니다.

"그런 집단에서는 보스에게 맹목적인 충성심을 보이는 자가 우대받는 게 당연합니다. 유다는 신중한 성격이니까 무턱대고 맹목적으로 행동할 수 없었겠지요."

유다의 어머니가 납득을 했는지 어쨌는지는 잘 모르겠습니다. 또 한 가지 사건에 관한 이야기를 들었을 때 유다는 제 나름대로 융화하려고 애쓰고 있구나 하고 느꼈습니다. 예수가 사사건건 비천한 태생의 베드로와 야고보, 요한을 이끌어주는 가운데서도.

예수와 그 무리가 유월절이 다가온 예루살렘에 이르렀을 때의 이야기입니다. 그 근처인 베다니에서 죽었다가 부활했다는 라자로의 집을 방문한 그들에게 주인 라자로가 식사를 대접했습니다. 그때 마리아라는 여인이 아주 비싼 나드 향유 한 근을 가져다가 예수의 발에 바르고 나서 자기 머리카락으로 닦아주는 것을 보고, 다른 제자들과 함께 식탁에 앉아 있던 유다가 예수에게 이렇게 물었다고 합니다.

"이 향유는 팔면 삼백 데나리온이나 되는데 어째서 그걸 팔아 가난한 자들에게 나눠주지 않습니까?"

이에 예수는 이렇게 대답했다고 합니다.

"여인이 하는 대로 내버려두어라, 이 여인은 나의 장례날을 위해 일부러 모아둔 것이니라."

유다는 이처럼 올바른 소리를 해도 언제나 훈계를 받는 결과가 되어 부끄러워하는 일이 많았다고 합니다.

그후의 일이었다고 하는군요. 유다가 제사장에게 가서 예수를 팔아넘기면 얼마를 줄 거냐고 묻자 삼십 데나리온을 주겠다고 한 것은.

저는 유다의 어머니가 예수를 배신하라고 시킨 건 아닌가 생각합니다. 다만 그 어머니가 이런 말은 했습니다.

"저는 배운 것도 있는 진보적인 어머니지만 아들한테 로마 사회와 접촉해 출세해야 한다고도, 유대교의 사제가 되어 권력을 잡아야 한다고도 말한 적은 없습니다. 단 어떤 사회에서든 거기서 낙오자만큼은 되지 말라고 가르쳤습니다. 예수와 그 일파에 들어간 지금에 와서 그저 안 된다, 탈퇴하라고 말한댔자 부질없는 짓이겠지요. 그래서 그 아이와 만날 때마다 이 어미는 네가 목수나 어부 출신에게 처지는 꼴만은 절대 못 본다고 못을 박아두었습니다."

그로부터 며칠 뒤의 이야기입니다. 제 옛 제자 중의 하나가 전해준 건데, 예수와 제자들이 함께한 만찬석상에서 이런 일이 있었다고 합니다.

예수는 이것이 제자들과 하는 최후의 만찬이기라도 하듯 제자들의 발을 씻겨준 다음 식탁에 앉았는데, 한창 식사를 하는 도중 갑자기 이런 말을 꺼냈다고 합니다.

"너희들 중 하나가 나를 팔게 될 것이다."

식사하느라 정신이 없던 제자들의 귀에도 이 불길한 말은 들려왔기에 예수에게서 좀 떨어진 자리에 앉아 있던 제자 베드로가 예수 바로 옆에 앉은 제자 요한에게 말했습니다.

"선생님은 누구 얘기를 하시는 걸까. 자네가 한 번 더 여쭤보게."

요한이 물었습니다.

"주여, 그게 누구입니까?"

"내가 지금 포도주에 적신 빵 한 조각을 주는 자가 그 사람이니라."

이렇게 대답하고는 빵 한 조각을 유다에게 주며 말했다고 합니다.

"네가 하려는 일을 속히 하여라."

이런 말을 듣고도 태연스럽게 있을 수 있다면 그는 이상한 사람일 겁니다. 유다는 잠자코 만찬석상에서 일어나 밖으로 나갔다는데 그 심정은 어땠을까요. 예수말고 다른 사람들은 포도주에 취했는지, 아니면 자기들끼리의 이야기에 정신이 팔렸는지,

그것도 아니면 예수가 하는 말에 바로 반응을 보이는 일이 적었던 그들의 성향이 그때도 유감 없이 발휘되었는지 제자들 중 누구 하나 예수의 말뜻을 제대로 이해하는 자는 없었다고 합니다.

그뿐만 아니라 유다가 줄곧 돈궤를 맡고 있었기에 예수가 유월절에 필요한 물건을 사오라고 시켰다든가, 가난한 사람들에게 보시를 하고 오라 시켰는지도 모르겠다며 깊이 생각하지도 않았다고 합니다.

예수에게 각별한 사랑을 받는 제자라고 자인하는 베드로와 요한, 야고보의 무언가 응석을 부리는 듯한 태도나, 다른 제자들의 태생은 속일 수가 없을 정도로 꼴불견인 식사매너 등이 난무하는 가운데, 유다의 마음 한구석에 도사리고 있는 혼란스러운 생각을 누구 하나 주의해서 보는 자가 없었을 것입니다. 또한 그가 야밤에 어둠을 타고 사라진 것도, 그리고 두 번 다시 돌아오지 않은 것을 걱정하는 자는 하나도 없었겠지요.

그후 예수는 제자들을 데리고 겟세마네 동산으로 갔다고 합니다. 그곳에서 기도로 밤을 지새운 뒤 내려가려는 아침에 그들은 산기슭 쪽에서 올라오는 사람들을 보았습니다. 제사장 및 다른 유대교의 고위 성직자들과 그들을 추종하는 자들이었는데, 손에는 칼과 곤봉이 들려 있었다고 합니다. 그 무리 속에 이스카리오테의 유다도 있었으며, 예수의 일행 쪽으로 가까이 다가갔을 때 그 혼자만이 앞으로 나아가 예수에게 입맞춤을 했다고 합니다. 그러자 예수는 또다시 "네가 하려는 일을 속히 하라"고 말했다고 합니다.

전해 들은 이야기로는 유다가 미리 제사장과 결탁해 자기가 다가가 입맞춤하는 사람이 예수이니 그를 붙잡으라는 계획을 짜놓고 그대로 한 것이라고 합니다. 예수는 아무런 저항도 없이 붙들렸다고 합니다. 제자들 중에는 칼을 휘두르며 저항하려는 자도 있었다고 하나 예수는 그것조차 만류해 칼을 버려야만 했다고 합니다.

이스카리오테 유다가 배반자의 대명사처럼 된 것은 훨씬 뒷날의 일입니다. 사건이 일어난 당시에는 예수의 가르침에 귀의했던 사람들말고는 특별히 인륜에 어긋나는 행위를 했다고는 보지 않았던 것입니다. 종래 유대교의 삶의 방식에 어긋나는 예수와 그 일파들의 행동은 대부분의 사람들이 눈살을 찌푸리지 않을 수 없었으니까요. 다만 스승을 팔아넘긴 다음 유다가 오히려 변했다고 합니다.

사람들은 예수를 체포해 대사제장인 가야바의 집으로 연행해 갔다고 합니다. 제자들이 도망친 가운데 가야바의 집까지 군중들에게 섞여 따라간 것은 베드로와 유다였습니다. 거기서 유다는 밤새, 예수와의 관계를 세 번이나 부인한 베드로와 함께 유대교의 율법사인 랍비들이 예수를 심문하는 소리와 사형선고를 내리는 것까지 다 듣게 된 것입니다.

그러나 유대국의 지배자는 유대인 랍비가 아니라 로마에서 파견된 총독입니다. 아무리 유대인이 사형을 결정해도 로마인의 판결이 내리지 않는 한 아무것도 할 수 없습니다. 하는 수 없이 제사장들은 예수를 총독 빌라도에게 끌고 갔습니다.

이를 안 유다는 몹시 괴로워했던가 봅니다. 사형선고를 받으리라고는 생각도 못했겠지요. 사제들에게 가서 서른 장의 은화를 돌려줄 테니 예수를 풀어달라고 애원했다 합니다. 사제들은 전부터 이런 기회를 노리고 있었으니 이제 와서 유다가 후회한들 들어줄 리 만무했습니다.

"그게 우리하고 무슨 상관이 있지? 네 자신의 문제라고."

그렇게만 대꾸했을 뿐 유다의 호소를 단호하게 뿌리쳤다 합니다.

절망한 나머지 유다는 은화를 신전에 내던지고는 스스로 목을 매어 자살하고 말았습니다. 사제장들은 은화를 주워 이건 피의 대가이니 신전 창고에 넣어둘 수 없다며 그 돈으로 밭을 사서 여행자들의 묘지로 썼다고 합니다. 그 밭은 지금도 피의 밭이라고 불립니다.

저는 유다가 저의 옛 제자여서 편을 드는 건 아니지만 홀로 고민했을 유다라는 젊은이가 매우 가엾다는 생각이 듭니다. 처음엔 어머니에게, 이어 예수라는 남자에게, 항상 누군가에게 정신적인 지배를 받아 거기서 벗어나려다 결과적으로는 언제나 실수를 범하고 마는 이스카리오테의 유다라는, 불과 서른도 채 못되어 죽음을 선택할 수밖에 없었던 남자가 매우 가여운 존재로 느껴집니다.

그후의 유다 어머니 소식을 아느냐고요?

그야 물론 알다마다요. 아주 유명인이 되었으니까 말이죠.

아니, 유다의 배반 때문이 아닙니다. 그 어머니가 책을 출판했으므로 사건 당시에는 별로 사람들 주목을 끌지 못했던 유다의 행위를 많은 사람들이 알게 되었을 정도입니다.

책의 제목은 『감당할 수 없는 아들을 두고』라 합니다. 선전 문구에는 다음과 같이 적혀 있었습니다.

'울고 싶은 어머니의 심정, 적나라한 완전 고백!'

이런 책은 잘 팔리는 법이지요. 실제로 골치 썩히는 아들을 둔 어머니뿐만 아니라 그렇지는 않으나 늘 조마조마해하는 어머니들도 삽니다. 또한 이들 어머니들은 이 책을 읽고는 우리 아들은 이 정도는 아니어서 다행이야, 생각하며 남몰래 가슴을 쓸어내립니다. 단 이런 책을 사서 읽었다는 것이 친구들 사이에 알려지기라도 하면 별로 좋을 것이 없는 부류의 책이니까 서로 빌려주거나 하지도 않습니다. 각자 몰래 사서 읽고 책장 깊숙이 숨겨놓으면 그걸로 끝나는 운명의 책이지요. 그래서 더 잘 팔리는 것입니다. 유대국에서 그해의 최대 베스트셀러였다고 합니다.

물론 이쯤 되면 유다의 어머니는 몹시 바빠집니다. 강연이라든가 텔레비전 출연 등으로 가정을 돌볼 여유가 없을 만큼 살인적인 스케줄의 연속이었다고 합니다. 살인적이라고 생각하는 건 남들 의견이고, 그 어머니 자신은 필시 신명나게 그런 일들을 소화해나갔을 것입니다. 아니, 제가 직접 본 건 아니지만 안

봐도 뻔한 일이 아니겠습니까.

아버지는 어떻게 되었느냐고요?

그가 먼저 이혼을 신청했다고 하더군요. 단 어머니가 이혼을 승낙함에 앞서 앞으로도 계속 '이스카리오테의 유다의 어머니'라는 이름을 펜 네임으로 쓸 수 있도록 해달라는 요구조건이 하나 붙어 있었다고 합니다.

그런데, 여자란 참 무섭군요. 자기 아들의 불행조차 사람들의 흥밋거리로 만들어 돈벌이로 삼으니까 말입니다.

칼리굴라 황제의 말(馬)

나, 인티타투스는 로마의 원로원 의원이시다.
칼리굴라 황제는 나를 위해 대리석으로 마구간을 지어주었는데,
이 무렵부터 로마 시민들은 이렇게 떠들게 되었다.
"칼리굴라 황제가 미쳤다!"

나는 말이로소이다. 이름은 있소. 인티타투스라고 하지. 뭐야, 이름이 붙은 말이라고? 이름이 붙어 있는 동물이라면 말이 아니라 개나 고양이라도 신기할 게 하나도 없잖아, 하고 우습게 보지 마시라. 나 인티타투스는 로마 제국 원로원의 당당한 의원님이시기도 하니까.

시대는 바야흐로 1세기 전반. 제국의 세력이 미치는 '로마 세계'가 북쪽으로는 도버 해협에서 남쪽으로는 아프리카 사막까지, 서쪽으로는 이베리아 반도에서 동쪽으로는 아라비아 사막에 이르기까지 널리 확장되었을 적의 이야기다. 제국 로마는 그 한가운데에 있었고 지중해는 이 로마 세계의 안뜰이라 해도 무방할 것이다. 이 몸은 아라비아 사막을 넘어 팔레스티나로 먼저 끌려가, 그곳 항구에서 배로 지중해를 여행한 뒤 로마에 당도해 황제에게 헌상된 아랍 말 중의 한 필이었다.

여행을 하면서 잘 알게 되었지. 사람들이 로마 세계라고 부르는 것이 '팍스 로마나'이며, 이는 곧 로마의 평화가 지배하고 있는 세계라는 뜻임을. 그러니까 역시 이 광대한 세계를 지배하는 로마 제국 황제이자, 이 몸에게는 새 주인이 될 남자에게 대단히 흥미를 느끼게 된 것이다.

한 줄로 늘어서서 기다리고 있던 우리들 말 앞에 나타난 황제를 보고 너무 젊어서 깜짝 놀랐다. 누구나 황제라고 하면 위엄 있는 풍채에 당연히 그에 걸맞은 노인네라고 생각할 것이다. 그런데 육체적으로 젊어 보인다기보다 전체적으로 매우 어린 인상을 주는 이십대 젊은이가 나타난 것이다.

키는 크고 몸집은 단단한 편이었다. 피부는 핏줄이 보일 정도로 하얗게 보였다. 키가 크고 건장한 체격임에도 불구하고 제대로 균형이 잡혀 보이지 않는 것은 목과 다리가 몸의 다른 부분에 비해 연약한 느낌을 줄 정도로 가늘었기 때문일 것이다. 이마는 넓고, 바로 밑의 눈은 젊은이치고는 좀 움푹 패여 있었다. 코는 높다기보다 크고, 입은 작고 도톰해서 마치 계집애 입 같다고 느낀 것을 지금도 잘 기억하고 있다. 그날은 말수가 매우 적었다. 바로 얼마 전에 큰 병을 앓아 아직 완전히 회복되지 않았기 때문이라고 사람들이 수군대고 있었다.

칼리굴라 황제는 마부에게 이끌려 한 줄로 늘어서 있는 우리 앞을 별 관심도 보이지 않은 채 지나쳤다. 대부호(大富豪)로 헌상자인 아랍인의 설명에 다소 과장은 있었다 하더라도 열 필의 아랍 말은 황제에게 헌상함에 조금도 손색이 없는 멋진 말들이었다. 그 증거로 황제를 수행하던 측근들은 말을 보고 나서 한결같이 감탄해 마지않았던 것이다.

그런데 이들 로마 제국의 장군과 고관들은 열한 번째의 말 앞에 왔을 때 무례하게도 웃음을 터뜨렸다. 예기치 못한 일은 아니나 이에 당황한 아랍인은 웃음소리에 눌리지 않도록 한층 더 소리를 높여 이렇게 말했다.

"황제 폐하, 이 말은 보시는 바와 같이 못생겼습니다. 이 정도라면 다마스쿠스의 바자르에서 1셀티도 못 받을 겁니다. 그럼에도 불구하고 굳이 폐하께 바치는 이유는 이 말이 매우 영리하기 때문입니다. 혹 사람의 말을 알아듣는 건 아닐까 싶을 정도로 똑똑하옵니다."

이 소리에 웃음은 그쳤지만 진심으로 받아들였기 때문이 아니라는 것은 그들의 조롱기 섞인 눈빛만 보아도 알 수 있었다.

그도 그럴 것이다. 인간의 말을 알아듣는 말이라니, 조련사가 시키는 말이라면 몰라도 현실적인 로마인에게는 황당무계한 이야기로 들려 믿기지 않았을 테니까. 젊은 황제만이 약간의 호기심을 보였다. 이 몸 앞에 멈춰 섰을 뿐더러 주위를 돌며 날 유심히 쳐다보기도 했다.

황제가 흥미를 드러냈으므로 별수없이 황제 뒤를 따르며 나를 보게 된 로마인들은 또다시 웃음을 참느라고 애를 먹는 모양이었다.

사실 이 몸은 아랍인의 설명이 필요없을 만큼 우스꽝스러운 몰골이었으니 어쩔 수 없는 노릇이다. 체격이 크고 단단하기는 했지만, 목과 사지가 불균형적일 정도로 가늘고 게다가 갈기도 풍성하기는커녕 허옇게 변색된 털 한 무더기가 꼭대기에 조금나 있을 뿐이었다. 대머리 말이라는 게 있다면 나 같은 말을 뜻할 것이다.

이런 나를 보고 여행 내내 다른 말들은 들으라는 듯 비아냥거렸다.

"아유, 저 꼴이 뭐야, 우리 말의 망신은 저놈이 혼자 다 시킨다니까."

제놈들은 황제의 마구간에 들어갈 뿐인데, 말인 주제에 마치 로마 시민권을 부여받기라도 한 듯, 즉 '로마 세계'에서 제대로 인정받은 것처럼 괜히 들떠서 지금까지 같은 처지의 말이었으면서, 그걸 까먹고 남을 깔보는 멍청이에 박정한 녀석들이라 상대해 봐야 소용없다고 무시했기 때문에, 뭐, 난 아무렇지도 않았다.

그런데 공교롭게도 칼리굴라 황제는 멋진 말들을 제쳐놓고 이 몸을 황제의 승마용 말로 지정했으니, 말을 보는 안목이 있는 장군들마저 놀라고 말았다. 측근 중에는 이렇게 말하는 사람도 있었다고 한다.

"폐하께는 적당치 않은 듯합니다."

칼리굴라 황제는 들은 척도 하지 않았다 한다. 이 같은 명령을 받아 신바람이 난 건 나를 돌보던 마부뿐으로, 그때까지만 해도 "이렇게 볼썽사나운 말을 돌볼 바엔 차라리 원형경기장의 건축 현장에서 일하는 게 훨씬 낫겠다"고 투덜대면서 마구간 바닥의 짚이 젖어 있어도 갈아주지도 않았다. 그러던 것이 황제가 직접 타는 말을 돌보는 마부가 된다는 건 언젠가는 마구간의 주임으로 출세할 수 있는 지름길이라고 생각했는지 갑자기 아주 친절해졌으니 가소롭지 않을 수 없다. 노예로 지내다보면 근성까지도 노예처럼 되고 마는 것일까.

이 몸이 어째서 못생겼는데도 황제용으로 뽑혔는지 처음에는 이유를 알 수 없었지만, 언제가 있었던 일을 떠올리면 나름대로 수긍이 간다.

로마에서는 드물게 축축한 가을비가 부슬부슬 내리는 밤이었다. 황제가 달랑 이불 한 장만 두른 채 예고도 없이 촛대를 든 노예 하나를 앞세우고 마구간을 찾아온 것이다. 다른 말들에게는 눈길도 주지 않고 곧바로 내 앞에 와서 정신 없이 왔다갔다하며 중얼중얼 이런 말을 내뱉었다.

"넌 내가 하는 말을 알아듣지. 응, 넌 알 거야. 아니, 말 안 해도 안다고 얼굴에 씌어 있군. 네 눈이 그렇게 순해 보이는 게 바로 그 증거라고."

이번엔 이 몸도 놀라고야 말았다. 세상에 상식적으로 말의 눈은 다 순해 보이지 용맹스럽고 성질 사나운 눈매를 한 말이란 존재하지 않는 게 아닌가. 다만, 이 사람은 잠을 못 이루는구나 하는 생각에 이르자 천성적으로 워낙 비야냥거리기를 잘하는 내가 그만 연민을 느끼고 말았던 건 고백해야 하겠다. 황제가 타는 말에 나를 임명한다는 명령이 하달된 것은 아마 그날 밤으로부터 스무 날쯤 지나서였다고 생각한다.

황제용으로 지명되었다고 해서 황제가 이 몸을 탈 리는 없다. 달리 수십 필에 이르는 말이 있었고, 황제가 속국을 방문하러 갈 때는 적어도 열 필 정도는 따르는 것이 통례였다. 굳이 말하자면 나는 칼리굴라 황제를 태울 기회가 없는 말 중 한 필이었다.

이 몸은 몸체가 큰데다 못생겼기 때문에 나 못지않게 몸매가 이상한 칼리굴라가 타면 그야말로 차마 눈뜨고는 볼 수 없는 광경이 되고 만다. 황제가 지나는 길 양옆으로 모여든 군중들도 이 구경거리에는 거리낌없이 웃어댔기 때문에 역시 황제의 위엄을 지켜야만 할 경우엔 좀 곤란했다. 결국 황제가 탈 기회는 거의 없는 셈이다. 하지만 나에 대한 황제의 태도는 마구간에 있는 다른 황실용 말과는 크게 달랐다.

이 몸만을 다른 말과 함께 있던 마구간에서 빼내 황제가 특별히 명령해 대리석으로 만든 전용 마구간에 넣은 것이다. 그곳은 말 열 필은 족히 지내고 남을 정도로 널찍하고, 침실과 식당, 그리고 응접실까지 있어 그야말로 훌륭한 아파트라 할 수 있었다. 각각의 방에는 말인 이 몸에 어울리는 '가구'까지 딸려 있었다. 예를 들면 식당에 놓여 있는 여물통은 마부가 "이건 한 재산이군!"이라고 환성을 지를 정도로 대단히 가치가 있는 물건이었다. 상아를 이어서 만든 것으로 이음새 부분에는 황금을 사용했는데, 마부는 나를 위해서라기보다 자신이 즐기기 위해 틈만 나면 그걸 닦아댔다.

그 외에도 황제가 이 몸을 위해 갖춰준 것에는 황제의 전용색인 진홍색의 구두가 있다. 물론 내 것이니까 한 켤레가 네 짝이다. 또한 보석으로 장식한 화려하고 아름다움의 극치라 할 수 있을 정도로 멋진 덮개가 '의상 선반'에 가득 채워져 있었다. 칼리굴라 황제가 총애하는 말이라는 지위에 어울리게 손님을 맞을 수 있도록 이 몸 전용의 노예를 보내주기도 했다. 마부를 포함해서 이들 노예들이 이 몸을 부를 때는 우선 무릎을 꿇고, 칼리굴라가 궁리 끝에 생각해낸 것인데, "인티타투스 각하"라고 불러야만 하는 규칙이 생겼다.

좀 낯간지럽기는 하지만 주어진 환경에 순응하는 건 우리들 말의 처세술이다. 그래서 좀 거만하게 "히히잉" 하고 대답해주기로 했다. 이렇게 하면 황제는 흡족해했고 노예들은 목이 달아나지 않아도 되니까.

칼리굴라가 내게 해준 것 중에서 한 가지만은 정말이지 달갑지 않은 배려로 익숙해지는 데 상당히 시간이 걸렸다.

불면증이 있는 그니까 생각해낸 것이겠지만 이 몸이 숙면을 취할 수 있도록 밤만 되면 마구간 주위에 열 명이나 되는 병사를 배치해 나의 잠을 방해하는 소리는 일체 내지 못하도록 보초를 세운 것이다. 고맙기는 하나 이것은 같은 말들이 이를 가는 소리나 마부들의 수다 속에서도 푹 잘 수 있는 습관이 배어 있던 내게는 도리어 숙면을 방해하는 결과가 되었다. 생각해보라, 마구간 밖 풀숲에 숨을 죽인 장정들이 열 명이나 대기하고 있다니 생각만 해도 기분이 침울해지고 만다.

이 몸은 후세의 뭐라든가 하는 이름의 교황이 불침번을 선 스위스 호위병에게 말했듯이 창밖으로 목을 쭉 빼고 이렇게 말해주고 싶었다.

"이봐, 자네들도 숙직실에 가서 자면 어떻겠나? 그러면 모두 편히 잘 수 있을 테니까."

그러나 사람 말은 알아들어도 할 줄을 모르는 이 몸의 비애,

이것조차 불가능하다니 이젠 익숙해지기를 기다릴 수밖에 없었다.

이 무렵부터 로마 시민들은 다음과 같이 떠들게 되었다.

"칼리굴라 황제가 미쳤다."

칼리굴라 황제에 대해 조금 설명해둘 필요가 있을 듯하다. 미쳤다, 제정신이 아니다, 라는 소문이 퍼지게 된 지금에 와서는.

칼리굴라는 정식 이름이 아니다. 말하자면 애칭인 것이다. 본명은 가이우스 율리우스 카이사르 게르마니쿠스라고 한다.

초대 황제 아우구스투스의 딸 유리아와 아우구스투스의 오른팔로 불린 아그리파 장군 사이에 태어난 아그리피나가 어머니이며, 로마의 명문가 출신인 게르마니쿠스가 아버지로, 서기 12년 8월 31일에 태어났다. 그가 태어났을 때 증조부 아우구스투스는 아직 건재해 있었으며, 로마 세계는 그야말로 팍스 로마나를 구가하던 시대였다. 형제 자매는 어릴 때 죽은 두 명까지 합하면 여덟 명이나 된다. 그 가운데에는 나중에 네로 황제의 어머니가 되는 아그리피나도 있다. 이 똑같은 이름의 어머니와 딸을 구별하기 위해 흔히 칼리굴라의 어머니는 대(大) 아그리피나, 여동생은 소(小) 아그리피나라고 부른다.

아버지 게르마니쿠스는 로마 군단을 통솔하는 유능기로 소문난 장군이었기에 외지 근무가 많았고, 가족 동반이 허락된 고급 장교의 관례에 따라 대가족인 게르마니쿠스 가(家)도 주인의 임지가 바뀔 때마다 그 지방으로 옮겨다녔다. 로마의 남(南) 안

치오에서 태어난 칼리굴라도 유년기와 소년기를 사실상 병영 안에서 지냈다.

로마 군단의 병영은 영사(營舍)만 있는 것이 아니라 로마인의 현실적인 경향을 반영해 전선 기지도 작은 마을처럼 꾸며져 있었다. 기지와 기지 사이에는 우선 도로를 건설했고, 그 로마 가도를 이용한 통상도 활발히 이루어졌기 때문에 처음엔 군사기지로 생긴 마을이 큰 도시로 발전한 예는 서구에서 헤아릴 수 없을 정도로 많다. 쾰른도 그런 도시 중의 하나이다.

그렇기는 하나 1세기 무렵 도시의 주인은 단연코 로마 군단이었다. 어린 칼리굴라는 로마 병사들이 신는 것과 똑같은 군화를 만들어달라고 해 신고 돌아다녔으며, 아버지의 부하인 병사들은 이 포동포동하게 살찐 아주 천진난만하고 활달한 칼리굴라를 군단의 마스코트로 삼아 귀여워했다.

칼리굴라라는 애칭은 '작은 군화'라는 뜻이다. 로마 군단의 병사들은 칼리가로 불리는 군화를 신고 있었는데, 이것은 현대의 군화와는 전혀 다른, 가죽 바닥 전체에 쇠로 된 징이 박혀 있었고 복사뼈까지 덮이는 부분은 가죽을 그물 모양으로 얽어놓은 일종의 샌들이었다. 이런 식으로 만들어졌으므로 장시간 행군해도 피로가 적다. 발 밑을 완전히 보호해주면서 가볍고 통기성도 좋았기 때문이다.

맨발에 신으면 발이 얼어버리는 추운 지방에서는 양말을 신은 다음에 이 샌들을 신었다. 전부 가죽으로 덮은 장화를 신으려고 마음만 먹으면 신을 수도 있는 장군들마저 실용적인 칼리가를 애용하는 사람이 많았기에 이 군화는 용맹무적이라 불린 로마 군단의 상징이 되기도 했다.

칼리굴라라는 별명에는 '로마 제국의 아이'로 바꾸어 말해도 무방할 만큼 애정과 경의가 담겨 있었고, 그런 마음이 이름을 부를 때마다 로마 시민들 마음속에서 우러나도록 한, 단순한 애칭 이상의 의미가 있었다.

실제로 스물다섯 살에 황제가 된 칼리굴라에게 대중들은 처음엔 진심 어린 박수갈채를 보냈다. 물론 유년 시절처럼 너무 귀여워서 증조부 아우구스투스 황제가 칼리굴라의 초상화를 그리게 해 자기 방에 걸어놓고 방에 들어갈 때마다 입맞춤을 했다는 시절의 모습은 이미 사라지고 없었다.

어렸을 때 귀엽던 아이가 반드시 미남으로 성장하지는 않는다는 예이며, 빈말로도 미남이라고는 부를 수 없었지만 황제로 즉위한 당시의 칼리굴라가 대중에게 사랑을 받은 것만은 틀림없다. 그건 전 황제 티베리우스의 양자였던 시절의 그의 존재가 그다지 눈에 띄지 않았기 때문에 대중들도 판단할 방법이 없었던 것과, 대신에 그의 아버지였던 게르마니쿠스에 대한 대중들의 동경심이 아들 칼리굴라에게 무조건 옮겨졌기 때문이다.

아버지 게르마니쿠스는 안식이 넓었으며 대중에게 사랑받는 인물에게 필요한 조건을 전부 갖춘 남자였다.

의(義)를 매우 존중하는 무인으로 위로는 황제, 밑으로는 일개 병사에 이르기까지 오로지 정의 하나로써 일관성 있는 태도를 취했다. 아우구스투스 황제의 사후, 티베리우스가 황제로 즉위했을 당시 군단은 그에 반대해 게르마니쿠스를 추대하려 한 적이 있었다. 게르마니쿠스는 이를 결연히 거부했을 뿐 아니라, 티베리우스는 아우구스투스의 양자이며 자신은 그 티베리우스의 양자에 불과하다고 주장했으며, 황위 계승권은 명확하게 티베리우스에게 있다는 것을 널리 알려 새 황제에게 충성을 맹세하도록 권했던 것이다.

정말 진정한 페어플레이라 할 수밖에 없으나 게르마니쿠스는 서른네 살의 젊은 나이에 세상을 뜨고 말았다. 이 젊어서 숨진 화려한 영웅에게 애석한 마음을 금치 못하는 민중들의 정이 집중되었다 해도 무리는 아니다. 만약 살아 있었더라면 게르마니쿠스야말로 티베리우스의 뒤를 이어 당당하게 황제가 되었을 거라고 생각한 민중의 마음이 그 아들인 칼리굴라에게 아주 자연스럽게 전가되고 말았다.

칼리굴라도 그 점은 잘 알고 있었을 것이다. 즉위 후에 보내진 박수갈채가 칼리굴라 본인이 아니라 아버지가 남긴 추억에 대한 것임을.

실제로 즉위 직후의 칼리굴라 황제는 원로원이나 민중의 입장도 존중해 훌륭한 황제가 되고자 하는 의기가 충천했던 것 같다. 때는 바야흐로 신군(神君)이라 부르며 존경해 마지않던 초대 황제 아우구스투스와, 관료적이라며 평판은 그리 좋지 않지만 훌륭한 행정관임은 누구나 인정한 제2대 황제 티베리우스, 이 두 사람이 장기간의 통치 끝에 제국의 기초를 확립한 시절이었다. 칼리굴라는 둘의 뒤를 이어 황제가 된 것만으로 여러 가지 면에서 비교되어 힘들 소지가 많았는데, 마치 페어플레이 정신의 화신(化身)처럼 여겨졌던 신사 게르마니쿠스라는 아버지와 비교되고 마는 불운이 기다리고 있었던 것이다.

아버지는 제쳐두고 두 명의 전 황제를 흉내냈더라면 좋았을 것이다. 정치는 페어플레이 정신만으로는 처리할 수 없는 것이니까. 게르마니쿠스 역시 황제가 되었다 하더라도 신사적인 행동만을 계속 취하지는 못했을 것이다. 하지만 칼리굴라의 불행은 건장한 체격에 어울리지 않게 매우 동요하기 쉬운 여린 신경을 지니고 있다는 점이었다. 그리고 그의 섬세한 신경을 준비도 안 된 상태에서 수중에 굴러들어온 로마 황제라는 강대한 권력이 짓밟고 만 것이다.

칼리굴라는 처음엔 한 가지 일을 하고 나서는 조심스럽게 반응을 살폈다. 이렇듯 즉위 직후에는 아버지를 본받으려고 한 듯하나 아무리 해도 아버지가 얻은 평판에 미치지 못한다는 것을 알고 나서는 일부러 엇나가는 짓을 하기 시작했다. 이것은 로마 제국의 황제에게 어느 정도의 권한이 허용되는지 그 한계를 시험해보겠다는 약간 어린애 같은 치졸한 호기심의 발로이기도 했다.

우선 너무나 꼴사나운 말을 황제용으로 지명했다. 사람 말을 알아듣는다는 영리한 말이라 하니 믿지 않는 사람도 그리 입을 삐죽거리며 비난할 일은 못 된다. 그래서 이번엔 그 말을 위해 대리석으로 만든 마구간을 지어주었다. 여기까지는 자신들이야말로 지도자 계급이라고 믿고 있는 원로원 의원들의 눈살을 찌푸리게 할 정도의 효과는 있었다.

하지만 민중들은 오히려 재미있어 하며 박수를 쳤다. 견실하기는 해도 화려함이 부족했던 티베리우스 황제가 20년 이상이나 통치한 후였고, 광대한 로마 제국의 일원이라 자부하고 있던 민중도 이쯤에서 통쾌하게 뭔가를 하고 싶다는 기분이 들었기 때문에 애마(愛馬)에게 상아로 만든 여물통을 선물하다니 제법 하는데, 하는 심정이었던 것이다.

그러나 그들의 '작은 군화'가 그 말을 원로원 의원으로 임명했을 때에는 온 로마 전체가 할 말을 잃었다. 로마 제국이 되고 나서도 로마가 내놓는 포고문에는 S.P.Q.R라는 네 글자가 적혀 있었다. SENATUS, POPULUS, QUE, ROMANUS의 약자로, 로마 원로원 및 시민이라는 뜻이다. 이것은 아무리 황제를 떠받드는 시대라고는 해도 광대한 로마 세계의 주인공은 로마의 원로원과 시민이라는 기개가 담겨 있다는 뜻인데, 말과 동등한 레벨로 격하된 것은 로마 시민으로서는 도저히 묵과할 수 없는 일이었다.

바로 얼마 전에도 이와 비슷한 일이 있지 않았던가. 노동당 출신의 영국 총리가 여비서를 레이디라고 했다는 이야기다. 그 남자도 서(Sir)나 레이디들을, 칼리굴라가 원로원을 경멸했던 것과 마찬가지 입장에서 보고 있었던 것은 아닐까.

이야기를 원로원 의원이 된 나에게 돌리면, 이 일로 요란한 비난이 일어나지 않을까 생각했는데, 혹시 칼리굴라 황제도 그걸 기대하고 있었는지 모르겠으나 사람들은 꿀 먹은 벙어리처럼 아무 소리도 안 하는 것이었다. 같은 시기에 칼리굴라는 인정 사정 없이 사형을 선고해 고관들이 잔뜩 겁을 먹고 있던 터라 자칫 비판이라도 했다가 죽을지도 모른다고 생각했는지 모른다. 들어올린 손을 어디다 두어야 할지 난감해진 쪽은 칼리굴라였다.

그러자 칼리굴라는 신전에 자신의 황금 입상(立像)을 세우게 한 다음 그날 자신이 입은 옷과 똑같은 것을 그 상에도 입혔다. 이번에도 로마는 침묵을 지키고 있었다. 분명 뒤에서는 이러쿵저러쿵 말이 많을 텐데 대놓고 말하는 사람은 하나도 없었다.

다음에는 되도록 신들과 가까운 곳에서 살아야겠다며 황제의 궁전이 있는 팔라티움 언덕과 주피터 신전이 있는 카피트리움 언덕을 복도로 연결시키고 말았다. 이 복도가 마침 아우구스투스를 모신 신전 위를 통과해 로마인들은 심히 언짢아했으나, 이때에도 칼리굴라에게 충고한 것은 조모인 안토니아뿐이었다. 그녀에게 칼리굴라는 이렇게 대꾸했다.

"잊지 마세요, 제가 바로 전 세계에 미치는 권력의 소유자란 사실을."

어느 날 원로원 회의장에 앉은 칼리굴라가 시종 미소를 띠고 있기에 의아하게 여긴 의원 중 하나가 무슨 기분 좋은 일이 있느냐고 물었다. 이에 황제는 대답했다.

"내가 손가락 하나만 까딱 하면 여기에 앉아 있는 원로원 의원 전부의 목을 벨 수도 있다고 생각했노라."

말이 많기는 하나 다부지기도 했던 어머니 대 아그리피나가 이미 이 세상에 없다는 것 또한 칼리굴라 같은 남자에겐 불행한 일이었다.

나는 알고 있다. 막판에는 나만을 가까이에 두게 된 칼리굴라가 거울 앞에서 일부러 흉측스러운 인상을 풍기기 위한 표정 연습을 하는 것도, 그에 한참 열중하다 잠도 자지 않고 밤새 방안을 서성거리는 것도 알고 있다. 그토록 고뇌할 바엔 차라리 보통 사람처럼 평범하게 행동하면 간단할 텐데 다음날이 되면 또다시 해괴망측한 옷을 걸치고 일부러 민중들 앞에 그 모습을 드러내는 것이었다. 수염을 황금색으로 물들이고 주피터 신처럼 번개 모양을 본뜬 지팡이를 들고 다니거나, 다른 날에는 삼지창을 한 손에 들고 해신(海神) 흉내를 내기도 했다. 또 어떤 날에는 비너스 신의 분장을 하고 나타난 적도 있었다.

칼리굴라 황제가 누구의 하수인인지 모를 살인자에 의해 목숨을 잃은 것은 서기 41년 1월, 스물여덟의 나이였다. 통치기간은 4년이 채 못 되었다.

아, 이 몸께서는 어떻게 되었느냐고?

그야, 물론 죽었지. 칼리굴라 황제와 관계가 있다는 이유만으로 부인뿐 아니라 어린 딸까지 죽였으니, 말인 이 몸 정도쯤 죽여도 당연한 게 아니겠는가. 민심이란 이런 식으로 오른쪽에서 왼쪽으로 크게 흔들리는 법이다. 즉 과격함은 '과격파'만의 전매특허는 아니라는 증거다.

알렉산드로스 대왕 노예 이야기

알렉산드로스 님이 이끈 그리스군은 막강한 페르시아군을 상대로
승리를 거두었습니다. 그날 젊음과 자부심으로 눈부시게
빛나던 주인님의 모습은 저도 반할 정도였습니다.

주인님이 돌아가신 지 어느덧 십 년이 다 되어갑니다. 그 동안 제가 뭘 하며 살았느냐고요?

주인님께 받은 물건들을 판 돈으로 넓지는 않으나 풍요로운 결실을 맺는 이곳 테살로니키에 땅을 사서, 여기서 수확한 과일과 야채를 수도 펠라에 내다 팔아 생활하고 있습니다. 오십 줄이 넘은 제게는 고명한 분들 밑에서 일하며 그분들이 가시는 곳은 어디든 따라다니는 생활이 버겁게 느껴졌으니까요. 아니, 주인님을 모시고 지낸 17년이라는 세월이 보통 사람이라면 평생 걸려 살 것을 압축해서 살았던 것인지도 모르겠습니다.

제 주인님이 어떤 분이셨느냐고 물어보셨나요?

글쎄, 뭐라 대답하면 좋을까요. 그분은 한마디로 평하기에는 너무 복잡한 성격의 소유자였습니다.

육체적으로는 어땠느냐고요?

아, 그야 아주 아름다운 남자분이셨습니다. 키는 보통 사람보다 크지는 않았지만 균형이 잡힌 몸매에 너무 크지도 작지도 않은 머리는 목이 굵은 덕분에 안정감이 있었고, 갸름한 얼굴은 이목구비가 뚜렷해 빈상으로 보이기는커녕 당당한 느낌을 주었습니다. 머리카락은 검정에 가까운 갈색이고, 눈초리가 째진 듯한 눈매는 희로애락이 아주 솔직히 드러나는 분이셨지요.

주인님이 열여섯 살 때부터 서른두 살에 돌아가실 때까지 곁에서 쭉 모시고 있었는데, 그분의 육체는 나이를 먹은 티가 나지 않는 그런 타입이었습니다. 평소에 단련한 결과라기보다 젊어서 요절할 운명이었던 그분에게 살아 있는 동안은 쇠퇴를 모르는 육체를 주려고 신께서 정한 건 아닐까 하는 생각이 들 정도였습니다.

그래도 십대에는 나긋나긋하고 가는 몸매에다 목욕 후 향유를 발라드리면 제 손의 움직임마저 튕겨낼 듯 탄력이 있는 피부였습니다. 그러던 것이 서른을 넘기자 흔히 말하듯 살이 붙었다고 하나요, 감촉은 단단해졌고 성숙기에 들어선 남자의 육체를 느낄 수 있었습니다.

그분의 피부는 향유를 바르지 않아도 뭐라 형언할 수 없을 만큼 좋은 향기를 자아내고 있었다고 사람들은 말합니다.

어떤 사람은 알렉산드로스 대왕이 불처럼 뜨거운 체온의 소유자였기 때문이라고 했습니다. 그의 말에 의하면 방향(芳香)이라는 것은 습기가 열에 데워져서 생기는 것이기 때문에 지구상에서도 건조하고 화기(火氣)가 많은 지방이 가장 질 좋은 향료의 산지라는 것입니다. 왜냐하면 물체 표면에 있는 부패의 근원이 되는 다량의 습기를 태양이 빼앗아버리기 때문이라는 것이며, 남들보다 체온이 높은 편인 대왕의 몸에서 향기가 나는 것도 바로 그 원리에서 비롯된다는 것입니다.

저는 이런 어려운 이론은 잘 모릅니다. 하지만 체육경기든 전투든 그것을 마치고 돌아오신 주인님의 의복이나 갑옷과 투구를 벗겨드리는 것이 제 임무였기에 그때마다 코에 닿는 냄새가 다른 사람들과 다르다고는 느꼈습니다. 그럴 때의 주인님의 체취는 지독한 땀 냄새가 나는 불쾌한 것이 아니라, 뭐라 표현하면 좋을까요, 태양빛을 듬뿍 받은 건초에서 나는 향기라고 할까요, 불쾌하지 않을 정도로 남자 냄새가 나는 체취였다는 것을 바로 어제 일처럼 생생하게 기억하고 있습니다.

물론 주인님은 다른 그리스 남자분들처럼 밖에서 돌아오면 바로 목욕을 하시고 알몸을 제게 수건으로 닦게 한 다음 누워서 향유를 바르게 하는 것이 습관처럼 되어 있었으니까 특유의 체취는 그 무렵에는 완전히 사라졌던 것입니다.

아버지와의 관계는 어땠느냐고 물으셨습니까?

마케도니아의 왕 필리포스 님에 대해 자세한 것은 노예의 신분인 저로서는 알 수가 없습니다만, 아버지께서는 아들 알렉산드로스 님을 당신의 후계자로 합당하다며 대견스럽게 여기신 듯합니다. 그렇지 않다면 전장에 나가면서 고작 열여섯 살짜리 아들에게 그후의 통치를 맡기실 리 만무합니다. 단, 그와 동시에 당신의 아들이지만 두려움도 느꼈던 건 아닐까요. 아들 자랑을 실컷 하고 나서는 바로 불안한 표정이 되어 생각에 잠기셨다고 합니다.

그건 아마 필리포스 님이 알렉산드로스 님의 어머니이신 올림피아스 님과 이혼한 뒤 젊은 여자를 아내로 맞아 그 여자에게서 아이가 태어났을 때부터였다고 생각합니다. 알렉산드로스 님도 명예를 훼손당한 어머니의 고뇌에 무관심할 수는 없었습니다.

이런 아버지가 알렉산드로스 님이 스무 살 되던 해에 암살당한 것은 오히려 잘된 일이었다고 생각합니다. 그렇지 않아도 조만간에 이 부자 사이에는 무슨 일인가 일어날 것만 같은 심상치 않은 조짐이 느껴졌던 것입니다.

필리포스 님은 아버지로서 책무를 훌륭히 완수했다고 누구나 인정합니다. 레오니다스를 발탁해 알렉산드로스 님에게 장래 군주에게 필요한 엄격한 교육을 시키게 한 것도, 청년기에 달하자마자 바로 유명한 철학자 아리스토텔레스를 초빙해 철학과 정치학, 윤리학, 의학을 배우게 한 것도 아버지의 배려 없이는 실현될 수 없는 일이었습니다.

지금도 볼 수 있는, 리시포스가 만든 상(像)이 알렉산드로스 님을 가장 충실하게 포착했다는 평판이 나 있습니다만, 제가 보기엔 아무리 그 예술가가 주인님이 턱을 약간 왼쪽으로 기울이는 버릇이나 촉촉한 눈을 정확하게 묘사했다고는 해도 그분 전신에서 우러나오는 왕의 위엄과 약동감 있는 생명력까지는 옮기지 못한 것처럼 느껴집니다. 알렉산드로스 님인지 모르는 사람이라면 그리스의 도시 아테네의 상류계급의 젊은이라고 소개하면 그대로 믿을지 모릅니다.

하지만 실제로 주인님에게서는 도시에서 자란 청년에게는 절대로 볼 수 없는 야만적인 기백 같은 것이 느껴졌습니다. 왕의 아들로 태어나 제왕에 어울리는 교육을 받아도 지울 수 없는, 갑옷과 투구를 벗길 때마다 제가 느낀 오후의 햇살과도 같은 주인님 특유의 체취와 비슷한 것인지도 모르겠습니다.

고명한 철학자를 스승으로 삼고, 그리스인 그 누구보다 훌륭한 교육의 혜택을 받을 수 있었던 주인님도 그렇기 때문에 학문 등에 도취되는 일은 없었던 것이겠지요. 진심으로 사랑한 책은 그걸 알고 있다는 것만으로 사람들이 찬탄해 마지않는 철학도 윤리도 아닌 호메로스가 쓴 『일리아스』였습니다. 주인님은 이 책을 가장 도움이 되는 전술 교과서라며 늘 단검과 함께 베개 밑에 넣고 주무셨습니다. 이럴 정도이니 몇 번을 읽고 또 읽으셨는지 저도 기억할 수 없을 정도입니다.

『일리아스』에 등장하는 영웅 가운데서는 특히 아킬레우스를 좋아하신 것 같습니다. 좋아했다기보다 자신과 일체화해 생각하셨는지도 모릅니다. 아시아로 원정을 나가셨을 때에도 제일 먼저 들르신 곳이 트로이였습니다만, 거기서 전군(全軍)을 머물게 해 여신 아테나에게 공물을 바치고 영웅들의 영혼에 제사지낼 때에도 아킬레우스의 묘비에는 손수 향유를 뿌렸을 정도였습니다. 관습에 따라 당신도 벌거숭이가 되어 사람들과 경기를 한 뒤 꽃다발까지 바치며 여느 때와는 달리 나직한 소리로 이렇게 중얼거리셨습니다.

"살아 있는 동안은 파트로클로스라는 좋은 친구가 있었으며, 죽은 다음에는 호메로스라는 위대한 보고자를 얻은 아킬레우스는 행운아였다."

제가 생각하기에 주인님과 호메로스의 영웅은 닮은 점이 많은 것 같습니다. 저뿐만 아니라 그리스인이라면 모두 알렉산드로스 대왕을 아킬레우스의 화신으로 보지는 않을까요. 미남이라는 것도 공통점이며, 용기가 있어 위험을 무릅쓰고 행동하는 점도 비슷합니다. 또한 신분의 상하를 막론하고 모두에게 친절하다는 점, 폐쇄적인 성격이 아니라 바로 친구를 만드는 점, 너그럽게 뭐든 사람들에게 나누어주는 것을 좋아하는 점 등이 닮았습니다. 결점도 비슷한데, 기분이 변덕스럽게 바뀌는 점, 행동이 거칠다는 점, 한번 화가 났다 하면 앞뒤를 가리지 못하는 점 등 말입니다. 그리고 두 사람 다 젊어서 저승사자의 영접을 받은 영웅이었습니다.

그러나 무엇보다 이 둘의 공통점은 명예에 민감했다는 것과 야망에 이끌렸다는 것이겠지요. 알렉산드로스 님께서 아버지가 시도하다 끝내 이루지 못했던 사업, 즉 페르시아 원정이라는 대사업에 착수하신 것은 아버지의 뒤를 이어 그리스 왕이 되신 스무 살이라는 약관의 나이였습니다. 그리고 실제로 군대를 이끌고 아시아로 건너간 것은 그 2년 후. 원정에는 스파르타를 제외한 전 그리스가 참가했습니다. 보병 약 3만과 기병 5천 명이라는 대군을 이끌고 주인님은 총대장이 되어 지휘를 하셨습니다.

전투 상황은 천막 안에서 주인님이 돌아오시기만을 기다리던 저로서는 자세히 알 수가 없었습니다만 전투를 마치고 돌아오신 주인님의 밝은 모습이 승리를 말해주고 있다고 느낄 수 있었습니다. 페르시아 왕 다리우스와의 첫 전투는 대승으로 끝났습니다. 전열을 가다듬은 그리스군은 아시아 내륙으로 페르시아 왕을 뒤쫓는 진군을 시작했습니다.

진로를 막고 서 있는 도시들을 차례차례 정복해가면서 진군할 때의 이야기입니다. 고르디움을 점령했을 때 관목 껍질로 묶었다는 수레를 주인님 앞에 끌고 왔습니다. 페르시아인들 사이에서 생긴 전설에 의하면 이 매듭을 푸는 사람만이 전 세계의 제왕이 될 수 있는 운명이 기다리고 있다는 것입니다. 정복당한 이 도시의 사람들은 그리스인 알렉산드로스가 시작도 알 수 없는 이 끈의 매듭을 어떻게 풀지 시험할 생각이었겠지요. 물론 주인님께서는 페르시아인들의 속셈을 훤히 꿰뚫고 있었습니다.

사람들의 호기심 어린 시선에 둘러싸인 주인님은 저를 불러 나직한 목소리로 말씀하셨습니다.

"칼을 가져오너라."

저는 어떤 칼을 가져올지 묻지 않아도 알았습니다. 전쟁터에 들고 다니는 황금 검을 가져오라는 뜻임을. 그리고 어떻게 복잡한 매듭을 풀려 하시는지도.

치켜든 검으로 내려친 순간 몇백 년 동안 수많은 사람들이 고심해온 매듭은 한가운데서 뚝 끊어져 버렸습니다. 정말이지 알렉산드로스 님다운 해답이었습니다. 천재의 발상은 범재와는 다르다는 것을 여실히 증명한 것입니다. 전장을 실제로 볼 기회가 없는 저로서는 그럴 필요조차 없다고 느꼈습니다. 필시 전투도 그와 같은 사고력으로 지휘하실 테니까요.

이것도 원정 때의 일입니다. 주인님이 큐도스 강에서 목욕을 하신 뒤 심한 고열로 쓰러지셨습니다. 행군에 따라온 의사들은 치료방법을 모른다기보다 자신이 내린 처방이 행여나 잘못되어 대왕이 죽기라도 하면 부하 병사들의 손에 죽을까 두려워 모두 핑계를 대고 주인님 병상에서 떨어져 있으려고만 했던 것입니다.

그런데 마케도니아인이 아닌, 그리스인 의사 하나가 아무 손도 쓰지 않고 있는 것은 의사의 수치라며 용기를 내서 약을 조제해 대왕님 앞에 가져왔습니다. 그런데 마침 알렉산드로스 님의 부하 장군 하나가 이 필리포스라는 의사는 페르시아 왕 다리우스로부터 값비싼 선물을 받고 왕녀와 결혼시켜 주겠다는 조건 아래 알렉산드로스를 독살하라는 의뢰를 받은 인물이라는 소식을 가져왔습니다. 편지를 읽으신 주인님은 그것을 베개 밑에 넣고는 약이 담긴 잔을 들고 온 의사를 맞이하셨습니다.

그 다음은 연극에서조차 볼 수 없을 만큼 아주 극적인 장면이 펼쳐졌습니다. 의사는 잔을 바치며 하루 속히 나아 전장에 나가길 바라신다면 억지로라도 약을 드시라고 했고, 잔을 받은 대왕은 베개 밑에서 조금 전의 편지를 꺼내 의사에게 건넸습니다. 주인님이 잔에 든 약을 마시는 것과 의사가 편지를 읽는 것이 동시에 진행되었습니다. 대왕이 추호의 의심도 없다는 듯 약을 유유히 다 마신 것과 의사의 안색이 백지장처럼 새하얗게 질린 것도.

약을 다 마시고 축 늘어져 계시던 주인님이 조금씩 기력을 회복하는 동안의 그 시간이 어찌나 길게만 느껴지던지, 병실의 분위기는 그곳에 있던 사람들 모두 질식할 것만 같은 긴장감이 감돌았습니다. 물론 치료에 성공한 의사에게 대왕이 노고를 치하

했음은 두말할 것도 없습니다. 하지만 의사 본인은 살아 있다는 실감을 맛보기까지 상당한 시간이 필요했을 것입니다.

드디어 페르시아전을 결정지은 이소스 전투의 날이 다가왔습니다. 하지만 이것으로 전쟁이 결정되리라고는 아무도 생각하지 못했습니다. 나중에야 아, 그날 결판이 난 것이로구나 하고 생각했을 뿐입니다. 그날 저는 다음날의 전투를 앞두고도 곤히 주무시는 주인님이 단잠을 깨지 않도록 해드리는 것과 출진에 필요한 것들을 갖춰두느라 정신이 없었습니다.

다리우스와의 전투는 알렉산드로스 님이 이끄는 그리스군의 완승으로 끝났다고 합니다. 그리스군은 수적으로 열세였으나 11만이 넘는 페르시아군을 상대로 대담하면서도 치밀한 작전을 펼쳐 승리한 것입니다. 페르시아 왕은 달아났기 때문에 죽일 수도 체포할 수도 없었습니다만, 왕의 수레와 활을 포획해 주인님은 천막으로 돌아오셨습니다. 그날 젊음과 자부심으로 눈부시게 빛나던 주인님의 모습은 노예인 저까지 반할 정도여서 한동안 우러러보았습니다. 당시 아직 스물세 살의 청년 왕이셨으니까요.

그 무렵부터 알렉산드로스 대왕의 아시아에 대한 심취가 시작된 게 아니냐고 말씀하시는 겁니까? 글쎄, 그것을 아시아에 대한 심취라고 부를지 어떨지 모르겠습니다. 다만 페르시아 왕은 전투에 임해 홀가분하게 다니려고 소유물의 대부분을 다마스쿠스에 두고 갔다고 합니다만, 왕이 두고 간 천막 안에 있던 물건들이 어찌나 화려하던지 그리스의 마케도니아에서 온 사람들은 눈이 휘둥그레질 지경이었습니다. 항아리와 술병, 욕조, 향유 용기 등 모든 것이 황금으로 만들어졌던 것입니다. 그것도 아주 정교하게 세공되어 있어 주인님마저 감탄하시곤 한동안 말을 잇지 못할 정도였습니다.

"과연 이것이 제왕의 생활이란 말인가."

그렇게 겨우 한마디하셨을 뿐입니다. 물론 그후 알렉산드로스 대왕은 호화로운 물건들에 둘러싸여 지내는 생활을 즐기게 되었습니다. 그러나 주인님은 전투의 천재였을 뿐 아니라 아름다운 것에 대한 예리한 감각도 남보다 뛰어난 분이었습니다.

그토록 아름다운 것을 사랑한 사람이 더구나 승자이면서 어째서 페르시아 왕의 왕비와 공주들을 당신 것으로 삼지 않고 정중하게 대접했는지, 그건 여자보다 소년을 더 좋아했기 때문이 아니냐고 말씀하시는 건가요?

주인님은 패자에게 진정한 승자로서 행동하려 하신 것입니다. 이것은 승리에 도취되어 있는 부하 장병들에게 대왕님께서 친히 모범을 보이신 것이었습니다. 페르시아의 여자, 특히 왕의 두 공주의 미모는 정평이 나 있었기에 '페르시아 여자를 보면 눈을 버린다'는 농담을 하신 적은 있습니다만, 그런 데에 탐닉하는 모습을 보였다가는 부하 장병들의 욕정을 제어할 방도가 없습니다. 그리고 주인님은 얼마 전 페르시아 해군 장수의 딸 바르시네 님을 애인으로 두셨기 때문에 그리스 교육을 받은 그 조신한 아가씨에게 마음이 끌려 있었고, 그래서 다른 여자들한테는 관심이 가지 않았던 것입니다.

미소년에 대해서도 보통 그리스 남자분들이 사랑하는 일반적인 범주를 넘어서지 않는 분입니다. 모든 점에서 아킬레우스와 닮았던 주인님은 소년애(少年愛)의 면에서도 그 화려하고 눈부신 단 한순간에 지나지 않는 젊음을 아끼는 섬세한 감각이 결여되지는 않은 듯했습니다.

결국 알렉산드로스 대왕이라는 분은 감상적인 성격의 소유자는 아니었다고 생각합니다. 그렇지 않다면 그로부터 6년 후, 연회석상에서 춤을 춘 박트리아의 귀족의 딸 록사나를 사랑해 마침내 정식으로 결혼을 할 이유가 없지 않습니까. 세간에서는 페르시아 여자와 결혼한 것에 대해, 대왕이 부하 장병과 점령지의 여자를 결혼시켜 그 결과 대제국의 기반을 굳히려 했던 정치적 배려를 자신이 먼저 선례를 만들어 장려한 것이었다고 합니다.

곁에서 모시고 있던 저는 너무나 잘 알고 있었습니다. 알렉산드로스 님이 록사나 님을 진심으로 사랑하고 계신다는 것을. 정치상의 책략이었다면 미모로 보나 신분으로 보나 록사나 님을 능가하는 다리우스 왕의 공주님 중 한 명과 결혼하는 것이 더 이치에 맞지 않습니까. 그리스 여자가 아니라 페르시아 여자를 아내로 삼은 것은 점령지와의 합체를 꾀했다기보다 어쩌다 보니 반한 상대가 정치적으로도 안성맞춤인 페르시아 여자였을 뿐이라는 생각이 듭니다.

물론 사령관이 보인 선례에 따랐던 그리스 장병이 많은 것도 사실입니다. 그러나 그리스 남자들은 알렉산드로스 님의 어머니 올림피아스 님이 그랬듯이 지기 싫어하고 남자를 능가하며 걸핏하면 똑똑한 체하는 그리스 여자보다는 차분하고 얌전하며 게다가 관능적이기까지 한 페르시아 여자를 사랑스럽게 여긴 것도 사실이었습니다. 이 또한 대왕의 아시아에 대한 심취 가운데 하나라고 비난하는 사람이 많은 것 같습니다.

시리아와 이집트를 정복했을 당시의 알렉산드로스 대왕은 어땠느냐고 물어보셨습니까?

스물다섯 살이 되려던 당시, 젊음에 성숙미가 조금씩 붙기 시작할 무렵으로 모든 것이 순조롭게만 이루어진 것은 아니며, 전투도 자신감과 용기로써 임했던 것 같습니다. 당신의 이름을 딴 그리스풍의 도시를 이집트에 건설하려 결심하신 것도 이 무렵이었습니다.

지중해에 면한 토지를 조사한 결과 파로스라는 땅에 주목하신 것입니다. 이곳은 바다로 돌출된 부분이 리본 모양이었고 나일 강의 지류에 가까웠으며, 넓은 해안을 감싸고 있는 지형이라 항구 도시로 크게 발전할 가능성이 있음은 그곳을 본 사람이라면 누구나 판단할 수 있었습니다. 주인님은 여기에 도시를 건설하고 알렉산드리아로 명명하셨습니다.

이집트에 자신의 이름을 딴 도시를 건설하는 것은 그리스가 아니라 아시아 지역에 길이 이름을 남기려고 한 의도였다고 비난하는 사람이 있습니다. 하지만 그렇게 말하는 사람에게는 다음 이야기를 들려주고 싶습니다.

그 무렵의 어느 날, 페르시아 왕의 재산 중에서 이보다 더 화려한 것은 없을 것이라고 소문난, 황금과 많은 보석으로 아름답게 장식된 작은 상자 하나가 주인님 앞으로 도착했습니다. 너무나도 아름답고 고가의 물건인지라 넋이 나간 사람들이 이 상자에 넣어두기에 적합한 것은 무얼까 하며 속삭이고 있었습니다. 아마도 이 상자의 소유자였던 다리우스 왕은 호화롭고 제왕에게 어울리는 장식품을 넣어두었던 건 아닐까요. 그러나 알렉산드로스 님은 이제 당신의 소유물이 된 이 작은 상자의 뚜껑을 열어 언제나 베개 밑에 두었던 책을 넣은 것입니다. 그리고 아무렇지도 않게 이렇게 선언하셨습니다.

"난 여기에 『일리아스』를 넣어두겠소."

어찌 이보다 더 그리스인다운 행동이 있을 수 있겠습니까.

시리아, 이집트를 정복하고 나서 다시 동방원정을 시작했을 무렵의 대왕은 완전히 아시아의 전제군주로 변하고 말았다고 하는군요.

맞습니다. 주인님은 정복한 지역 사람들이 공순(恭順)의 뜻을 보일 때마다 그들에게 머리를 조아리고 엎드려 절하게 한 것은 사실입니다. 하지만 당신들 그리스인은 생각해본 적이 있습니까. 아시아인들이 어떤 인종이며, 그들을 통치해 나가는 데 어떤 방법이 적당한지를. 그리스인끼리라면 민주주의도 좋겠지요. 하지만 아시아 사람들에게 통치자는 신이 아니면 안 됩니다. 신이라 생각하지 않으면 그들은 따르지 않습니다.

특히 주인님이 스물다섯이라는 젊은 나이에 페르시아 왕 다리우스를 세 번째 싸움에서 물리치고 아시아 최고의 제왕이 되셨으나, 그후 군사력에 의한 정복과 함께 점령한 지방의 통치가 큰 문제가 되었습니다. 결국 군대의 힘만으로 통치하기는 불가능하다고 주인님은 이미 터득하고 계신 듯했습니다. 민심을 사로잡는 것, 이것이 몇만의 병사와 맞먹는 무기라는 것을 알고 그것을 활용하려고 생각하신 것입니다.

분명 아시아 사람들이 하는 것과 똑같은 짓을 그리스인에게 시키신 것은 주인님답지 않은 과오였다고 생각합니다. 하지만 주인님도 바로 그것을 깨닫고 아시아인에게는 당신을 신의 아들이라고 부르게 해도 그리스인에게는 일체 강요하지 않으셨습니다.

아 참, 그러고 보니 티그리스, 유프라테스 강을 건널 때 우리는 그리스에서 보지 못한 것을 발견한 적이 있습니다. 그것은 검게 빛나는 기름으로 땅이 갈라진 틈새에서 끊임없이 흘러나오는 것이었습니다. 아주 불붙기 쉬운 액체로 불을 근처에 가져다 대기만 해도 순식간에 불타올랐습니다. 이 지방 사람들은 대왕을 환영할 생각으로 대왕의 천막 근처까지 이 검은 기름을 흐르게 하여 밤이 되자 거기에 불을 붙였습니다. 그로 인해 천막은 어두운 밤에도 선명히 떠올랐습니다. 이처럼 알렉산드로스 대왕의 동방 원정은 저 같은 미천한 사람까지 화젯거리로 삼을 만큼 신기한 것을 많이 배우게 해주었습니다.

그 무렵부터 이전에는 절제하시던 주량이 조금씩 늘기 시작한 것 같습니다. 그리고 역정을 내는 횟수도 많아진 것 같습니다. 주인님이 변하셨는지 아니면 부하 장군님들이 변했는지 저로서는 알 수 없습니다. 다만 그때 불행한 클레이토스 사건이 일어나고 말았습니다. 술이 거나하게 취하신 주인님과 클레이토스 님 사이에 언쟁이 벌어졌는데 격분한 나머지 주인님이 그만 찔러버린 것입니다.

친구의 목숨을 빼앗은 주인님은 몹시 한탄하며 그날 밤 내내 고뇌와 비탄 속에서 한숨도 주무시지 못했습니다. 제왕으로서의 지위가 높아지면 높아질수록 사람은 더욱 고독해지는 법. 음주량은 전보다 더 많이 는 것 같았습니다.

주인님의 승하에 대해서는 무엇을 물어보셔도 저는 대답할 수 없습니다. 말하고 싶지 않다기보다 주인님이 바빌론에서 병상에 누워 계시는 동안 제 머릿속에 있었던 것은 오로지 병구완 하나뿐이었습니다. 그것마저 소용없음을 알게 된 12일째 되는 날 저녁, 저는 눈앞에 누워 계시는 세른세 살 한창 나이인 주인님의 영혼 없는 육체만을 망연자실해 바라보고 있었을 뿐입니다. 누가 그런 저를 거칠게 끌어당긴 것도, 그후 사람들이 낸 구슬픈 울음소리도 제 귀엔 들어오지 않았습니다.

어떻게 아시아를 가로질러 그리스로 돌아왔는지 기억나지 않습니다. 록사나 님은 그후 자제분들과 함께 살해당했다고 들었습니다.

주인님이 12년에 걸쳐 정복한 지방 말입니까? 그건 당연하겠지만 주인님의 사후 곧바로 분해가 시작되었고, 이제 와서 돌이켜보면 대제국은 전설에 지나지 않습니다. 그만한 위업도 결국 바람 앞의 먼지에 불과했던 걸까요. 바로 얼마 전까지는 신들의 사랑을 한몸에 받기라도 하는 양 눈부시게 빛나던 젊은 육체가 퍼뜩 정신을 차리고 보니 희고 차디찬 대리석으로 변해 있는 것과 마찬가지로.

스승이 본 브루투스

"브루투스, 자네는 자네 자신을 모르는군.
로마 시민은 자네에게 카이사르의 독재정치에 대한
도전을 요구하고 있단 말일세."

아테네에서 학생들을 가르치고 있던 내게 마르쿠스 브루투스가 배우러 온 것은 언제였던가. 아마 브루투스가 스무 살이 될까 말까 하는 나이였던 것으로 기억한다.

가르치는 입장에서 보면 젊은 브루투스는 흠잡을 데 하나 없는 아주 우수한 학생이었다. 로마의 상류계급에 속하면서 참으로 순수하고 학문에 대한 열의도 남보다 강했으며, 마치 마른 해면(海綿)이 물을 빨아들이듯이 공부하는 유형의 학생이었다.

정치적으로는 이미 과거의 영광은 온데간데없이 사라지고, 로마의 속국 가운데 하나로 전락해버린 그리스는 그래도 학문의 중심지로서의 명성만큼은 잃지 않고 있었다. 그렇기 때문에 로마 상류계급의 자제들은 소년기 교육을 로마에서 마치자마자 그리스로 유학을 보내는 것이 관례처럼 되어 있었다. 로도스 섬이나 레스보스 섬에 유학하는 사람도 있었으나, 역시 이곳 아테네로 배우러 오는 학생이 가장 많았다.

그리스에서 최고학부를 마치면 로마에 돌아가 세력권을 확장하는 한편 강국 로마의 지배 계급의 일원이 되는 이들 학생은 전체적으로 우수하고 지적 수준이 높은 젊은이가 많았는데, 브루투스는 그들과 어딘가 다른 면이 있었다. 다른 학생들에게 그리스의 학문은 훗날 실생활에 필요한 수단에 불과했던 것에 반해 브루투스에게 학문은 배우는 것 자체가 목적이었던 것 같다.

그 때문인지 다른 학생들이 그리스 철학이나 문학, 역사를 대하는 태도는 무언가 냉정하게 거리를 두고 접하는 데가 있어, 가르치는 우리 그리스 학자들에게 결국은 그들이 로마인이라는 것을 통감하게 할 때가 종종 있었던 것이다. 그들의 지성은 현실적 시야에 입각한 것이었고, 특히 젊으면 젊을수록 그런 경향은 두드러졌다.

내가 가르친 범위 안에서도 브루투스만은 색달랐던 것 같다. 창백하고 야위어 연약한 느낌을 주기는 해도 아름다운 이 젊은이에게는 로마에 돌아간 다음의 영달 등은 아예 관심 밖의 일이었다. 그뿐만 아니라 여러 차례에 걸쳐 스승인 나에게 이대로 아테네에 남아서 학문에 전념하고 싶다는 희망을 털어놓았을 정도이다. 그리스의 철학과 문학에 전념하며 학생들에게 그것을 가르치면서 한평생 살고 싶다고.

그 꿈을 바꾸게 한 책임은 바로 내게 있는 것이 아닌가 하는 생각이 들어 착잡한 마음을 금할 수 없다.

어느 봄날의 일이었다. 서풍이 불어 땀이 배어날 새가 없을 정도로 기분이 좋은 상쾌한 날씨여서 나는 아크로폴리스의 언덕을 브루투스와 함께 산책했다. 그리스 문화에 심취해 있던 그 제자는 그것을 가르치는 그리스인인 나마저도 자신이 심취하는 문화의 화신처럼 여겨 경의를 표하며 대해주었기에 이 제자를 특히 총애한 것도 어떤 면에서는 당연하리라.

교사란 자신이 배우고 가르치는 학문만이 정신적 지주인 것이다. 그러므로 그것을 공경해주는 제자가 역시 사랑스럽다. 우수하지만 비판적으로 대하는 학생에게는 지성만은 인정하여 대접하나 아무래도 어여쁜 존재로 느껴지지 않는 법이다. 브루투스가 나 한 사람뿐 아니라 아테네에서 가르치고 있는 모든 학자들에게 사랑을 받은 것은 이 때문이었다.

아크로폴리스 언덕을 산책하면서 우리 두 사람은 많은 이야기를 나누었다. 아니, 주로 이야기한 것은 나였는지 모른다. 꿈을 꾸는 듯한 시선을 저 멀리 펼쳐지는 바다로 던진 채 듣고 있는 쪽은 브루투스였으니까.

나는 그리스 고전의 조각과 로마 조각의 차이를 이야기했다. 그리스 조각은 이상적 미의 극치일 뿐 현실에는 존재치 않아 신의 형상을 본뜰 수밖에 없었지만 그에 비해 로마의 조각은 현실의 모습을 묘사한 것으로 그리스가 이상의 극치라면 로마는 현실의 극치를 표현하고 있다고 말했던 것이다.

그러자 젊은이는 혼잣말처럼 중얼거렸다.

"아, 추하다, 추해."

그렇게 말했을 때의 슬픈 표정으로 보아 그가 속한 로마에 대해서 말하고 있다는 것은 분명했다. 나는 그에 대해 연장자답게 말해주었다.

"그래, 추악하지. 그러나 이것이 현실일세, 그리고 결국은 현실이 이기는 법이지."

젊은이가 잠자코 있어 나는 화제를 바꿨다. 아니 바꿨다기보다 한 걸음 더 내디뎠다고 말해야 옳을지 모르겠다. 자유에 대해서 이야기한 것이다. 인간을 인간답게 하고, 인간을 노예와 구별하는 것은 단 한 가지, 자유를 존중하는 의지뿐이라고. 이에 대해 브루투스는 질문했다.

"하지만 선생님, 완벽한 자유란 그리스 고전의 조각 같은 것이 아닐까요?"

"그렇지. 아마 그럴 걸세. 허나 현실에서는 존재하지 않는다고 알고 있어도 그것을 추구하는 것말고 우리가 달리 무엇을 할 수 있겠는가. 자네는 로마로 돌아가게. 가서 자네에게 주어질 정무에 최선을 다하게. 자네에게 주어진 사명은 인간을 인간답게 하는 것으로써 로마인들을 각성시키는 것이네. 아폴론의 아름다운 조각은 어디에 놓아도 그 빛을 잃지 않고 사람들을 감동시키는 작품이라는 걸 잊지 말고 말일세."

브루투스가 떠난 후에도 우리는 아테네에서 계속 교편을 잡고 있었다. 하지만 그를 대신해 나의 관심을 끌 만한 학생은 더 이상 나타나지 않았다. 그 때문인지 아테네에 있으면서 나의 눈은 로마로 향해 있었던 듯하다. 마르쿠스 브루투스가 로마에서 빠르게 승진해가는 모습은 스승인 나를 몹시 흡족하게 만들었다.

원래 브루투스는 재능이 뛰어난 남자다. 그와 더불어 부정(不正)을 혐오하고, 의를 존중하며, 무슨 일이든 원리원칙에 입각해 행동하는 사람이라는 평판을 얻기 시작했다. 사리사욕에 매이지 않고 세속적인 야심이 없으며, 대의만을 생각해 행하며 이야기하는 브루투스를 추종하는 사람은 해마다 늘어나는 듯했다.

게다가 내게서 떠난 후 브루투스가 숙부인 카토와 친하게 지내며 존경하는 마음을 숨기려 하지 않는 것을 보고 적이 마음이 놓였다. 어려서 아버지를 여읜 브루투스는 누군가에게서 아버지라는 존재를 발견하지 않고는 못 배겼던 것이다. 그렇다고는 하나 결국 현실의 아버지가 아니므로 이상(理想)의 아버지에게서는 좋은 면밖에 볼 수 없었다. 때문에 브루투스가 그 인물로부터 받은 영향은 깊었으며, 더구나 결정적이 되고 만 것이다. 내가 마음을 놓은 것은 카토라는 인물이 '그리스적인 것'을 매우 사랑했기 때문이다.

여기서 나는 어떤 일을 고백해야만 한다. 이 비망록은 공개를 목적으로 쓴 것이 아니기 때문에 누구의 눈에 띄게 될지는 기록하는 나 자신도 모른다. 아니, 브루투스가 그런 최후를 맞이한 지금에 와서는 누구의 눈에도 띄지 않을 가능성이 높다고 생각해야 할 것이다. 그러나, 나는 쓰겠다. 진실을 응시하는 것은 학자의 최소한의 의무니까.

브루투스에 대한 집착은 내 마음속 깊이 잠재해 있는 숨은 분노의 발로였다. 로마의 지배에 굴복하고 난 그리스인에게는 상업에 종사하거나 아니면 교사가 되는 것 외에 달리 길이 없었다. 사업은 하층민이나 하는 것으로 우리가 할 수 있는 일이 아니다. 결국 교사를 택할 수밖에 없었지만 앞서 말했듯이 로마인은 그리스 문화를 존중해 자신들의 자제가 그리스인 교사에게 교육받는 것을 선호했기에 일자리를 구하는 데 별로 고생하지 않았다.

로마로 높은 급료를 받고 초빙되어 가는 사람도 여럿 있었다.

그들은 신흥국 로마를 야만스럽다고 경멸하면서 그리스를 떠났는데 어느 결에 그곳이 마음에 들었는지 그대로 눌러앉고 말아 고국으로 돌아오는 사람이 드물 정도였다.

아테네의 상류계급에서 태어난 나를 기다리는 운명 또한 별다를 바 없다. 젊어서는 조교를 하다가 나중에 강좌를 개설해 가르치는 것이 처음부터 정해진 나의 운명이었다.

조교 시절의 일이다. 당시 내 지도교수는 로도스 섬에서 학생들을 가르치고 있었는데 그곳에서 율리우스 카이사르라는 이름의, 나와 거의 같은 또래의 로마 청년과 알게 되었다. 이 남자를 어떻게 설명해야 제대로 표현했다고 할 수 있을지 나로서는 알수가 없지만 그가 구사하는 논리는 실로 현실적이고 설득력이 넘쳤다고 말할 수 있을 것이다. 두세 번 그와 이야기를 나눈 적이 있는데 그때마다 패배감을 맛본 것은 항상 나였다. 내가 지도를 받고 있는 교수도 로마에서 배우러 온 이 청년에게는 실력을 인정해 경의를 표하고 있었다. 또 언젠가는 이렇게 말한 적도 있다.

"내가 역사에 남는 것은 내 학문상의 업적에 의해서가 아니라 율리우스 카이사르의 스승이었다는 것일지도 모른다네."

아직 혈기왕성했던 나도 이 남자한테는 일종의 공포감마저 느꼈다. 그리스어를 완벽하게 구사하고 그리스 철학과 문학을 완전히 이해하며, 몸속에는 '로마적인 것'이라는 피가 흐르는 이 남자가 언젠가 '그리스적인 것'의 파괴자가 되어 나타나는 건 아닐까 하고 불안을 느꼈던 것이다. 이 일은 몇십 년 전의 옛날 이야기로 아테네에서 학생들을 가르치게 되면서 까맣게 잊고 있었지만, 어떤 사건이 생기고 난 뒤 전보다 훨씬 더 현실감을 띠며 되살아나게 되었다.

그 어떤 사건이란 브루투스의 초대를 받아 로마로 가는 도중에 일어났다.

아테네에서 브룬디시움까지 가는 배 안에서, 거기서 로마까지 아피아 도로를 달리는 마차 안에서 자리를 같이하게 된 사람 가운데 그리스 젊은이가 하나 있었다. 긴 여행길의 지루함, 그 무료함을 달래기 위해 어느 샌가 이야기를 나누게 된 젊은이가 이런 말을 했다.

"내가 이 세상에서 가까이 지내고 싶은 딱 한 사람이 율리우스 카이사르입니다. 그분을 만나게 된다면 이렇게 부탁할 생각입니다. 저를 백인대장(백 인의 병사로 구성된 고대 로마 군대의 장―옮긴이)이라도 좋으니 써달라고요. 남자로 태어난 이상 인생 최고의 행복은 뛰어난 지도자를 만나는 것이니까요."

이 그리스의 젊은이는 단지 그 목적을 실현하기 위해서 로마로 가는 것이다. 그의 말을 들었을 때 나는 세상이 변해가고 있다는 사실에 그저 기가 막힐 따름이었다. 이 이야기는 로마에서 옛 스승을 따뜻하게 맞아준 브루투스에게도 들려주었다. 그러고 나서 브루투스에게 이렇게 말했다.

"그리스적인 것의 운명이란 이대로 사라져 버리는 것일까. 이 세상도 스스로 노예가 되겠다며 자청하고 나서는 자들이 생기게 되면 정말로 끝장나는 게 아니니 말일세."

브루투스는 아무 말도 하지는 않았지만 심기가 불편해져 있었던 것만은 분명했다. 그럴 때면 언제나 이마에 나 있는 힘줄이 실룩실룩 움직이곤 했으니까.

로마에 있는 동안 나는 카이사르와도 만날 기회가 있었다. 원로원에서 행하는 브루투스의 연설을 들으러 갔을 때 우연히 바로 옆자리에 앉은 것이 카이사르였다. 카이사르는 예전에 로도스 섬에서 만난 적이 있는 나를 알아보지 못한 듯했다. 호방한 대장부의 모습은 여전했다. 나와 브루투스의 관계는 모른 채, 브루투스의 연설이 끝나자 옆자리의 내게 몸을 기대면서 웃으며 말했다.

"저 젊은이가 무엇을 바라는지 알 수는 없지만 어쨌든 원하는 걸 강렬히 추구하고 있는 것만은 분명하군."

그는 한 번 더 호탕하게 웃고 나서는 자리를 떴다. 큰 키에, 걸친 토가(반타원형의 커다란 천을 몸에 두르는 형식의 겉옷 ─ 옮긴이) 끝자락을 멋지게 감싸며 나가던 카이사르는 출구를 빠져나가기 직전 이미 많은 사람들에게 둘러싸였다. 그들이 카이사르를 대하는 태도는 마치 제왕을 대하는 것과 다름없었다. 카이사르를 에워싸며 나가는 군중 속에서 백인대장을 지원하겠다던 그리스인 젊은이의 모습을 발견했을 때 내 마음속에는 잠잠하던 분노가 또다시 치밀어올랐다.

20년이나 전에 당당한 논리를 내세워 나를 꼼짝 못하게 했던 그 남자는 그리스가 가까스로 유지해온 정신적 우위조차 뒤엎으려 하고 있었다. 공교로운 것은 그가 그것을 의도적으로 시도하고자 한 것이 아니라는 점이다. 그는 '로마적인 것'을 체현한 최초의 인물이 된다. 이것이 내가 증오하는 이유였다.

하지만 이 말도 적어두겠다. 나는 한 번도 브루투스에게 카이사르를 죽이라고 권하지는 않았다고.

매우 신랄하게 브루투스를 평했고, 그의 기질을 그토록 예리하게 꿰뚫어본 카이사르가 브루투스를 남들보다 더 중용했으니 흥미로운 일이 아닐 수 없다. 로마에서는 이런 카이사르의 태도를 브루투스의 어머니 세르빌리아에 대한 사랑 때문이라고 수군댔다.

카이사르가 여색에 푹 빠져 로마 상류사회의 여자라면 미혼이든 기혼이든 상관없이 닥치는 대로 유혹해 그냥 놔두는 여자가 없을 정도라는 소문이 자자했지만, 그 중에서 세르빌리아와의 염문은 유명했다. 브루투스가 실은 카이사르의 아들이라는 소문도 무성했다. 네 차례에 걸친 결혼에서 아들을 얻지 못한 카이사르는 누이의 손자인 옥타비아누스를 상속자로 지정하고 있었지만 브루투스도 친아들처럼 귀여워했다. 카이사르가 폼페이우스와 대적했을 때, 브루투스는 예상을 뒤엎고 폼페이우스 편에 섰다가 패했으나 그런 브루투스를 관대히 용서했으므로 사람들은 이건 필시 예사로운 사이가 아닌 것임이 분명하다고 수군댔던 것이다.

브루투스는 이 이야기를 꺼내는 것을 매우 싫어했다. 어머니는 경애하고 있었으나 애욕에 빠지고 만 그 성격만큼은 참을 수 없었던 듯하다. 그 증거가 아내로 선택한 카토의 딸 포르키아이다. 포르키아는 자존심이 강하고 지성이 풍부한 여자로 브루투스와의 첫날밤, 그의 품에 몸을 맡기기 전에 이렇게 선언했다고 한다.

"저와 당신은 주의(主義)로 맺어졌습니다. 당신에게 시집온 것은 첩처럼 잠자리와 식탁을 함께하기 위해서가 아니라 기쁨도 슬픔도 모두 함께하기 위해서입니다. 무슨 일이든 숨김없이 제게 다 말씀해주세요. 저는 카토의 딸이자 브루투스의 아내로 살고 싶습니다."

물론 브루투스는 그녀에게 모든 것을 다 털어놓게 된다. 3월 15일의 음모까지.

카이사르 암살이 결행된 그 무렵 나는 로마에 없었다. 사건의 전말은 브루투스가 아끼고 또한 나의 제자이기도 했던 청년이 결행 직후 로마를 떠나 아테네에 와서 모든 것을 털어놓았기에 알게 되었다.

브루투스가 카이사르의 암살을 결심하게 만든 것은 실은 카시우스였다. 카시우스와 브루투스는 카시우스가 브루투스의 여동생 유니아와 결혼을 했으므로 처남 매제지간이었다. 카시우스는 성미가 과격했으며 한 번 앙심을 품으면 잊지 않기로 유명한 남자였다. 이 카시우스가 예전에 자신이 세운 전공(戰功)을 카이사르가 가로챘다며 몹시 증오했던 것이다. 교활한 카시우스는 그런 사적인 감정을 드러내지 않고 브루투스에게는 카이사르야

말로 자유의 적이라고 역설했던 것이다.

브루투스는 카이사르를 아주 존경하지는 않아도 증오하지는 않았다. 그는 사사로운 분노 때문에 움직일 그런 사내가 아니다. 대의(大義)가 아니면 움직이지 않는 사내다. 즉 브루투스는 지배 그 자체에 분개했고, 카시우스는 지배자를 증오했던 것이다. 그리고 브루투스에게 카시우스는 꼭 필요한 인물은 아니었으나 카시우스에게 브루투스는 절대로 필요한 인물이었다.

아주 사소한 일로 브루투스와 한때 사이가 벌어졌던 카시우스가 처음부터 이 음모에 브루투스를 전면에 내세우려고 한 것은 아니다. 카시우스가 친구들을 카이사르 암살계획에 끌어들이려 했을 때 친구들이 브루투스가 지도자가 되어준다면 가담하겠다고 한 것이다. 이 계획이 필요로 하는 것은 폭력이나 용기가 아니라 어떤 인물이 주창을 했느냐에 따라 그것이 정의에 기인한 행위임을 시민들에게 입증하는 것이다.

그것이 가능할 정도의 명성을 지닌 인물을 지도자로 맞이할 필요가 있었다. 그렇지 않으면 계획에 직접 가담하는 자들이 행동하는 데 사기가 저하되고, 결행 후에도 의문이 생길 우려가 있다. 고결하고 흠잡을 데 하나 없는 인물로서 널리 존경을 받고 있는 브루투스가 합세한다면 계획을 실행에 옮길 때 일어날 모든 장애를 미연에 막을 수 있다. 이것이 카시우스에게 친구들이 진언한 내용이었으며, 카시우스 스스로도 납득한 사실이다.

그래서 카시우스는 브루투스를 찾아가 먼저 화해를 청한 다음 이렇게 말했다.

"3월 15일 카이사르의 친구들이 그를 왕으로 추대하기 위한 연설을 한다는데, 자네도 그날 원로원에 나갈 건가?"

브루투스는 가지 않겠다고 대답했다. 그러자 카시우스가 다그쳤다.

"우리 전원이 호출을 당하면 어쩔 셈인가?"

브루투스는 이렇게 대답했다.

"나의 임무는 원래 침묵하지 않는 것, 조국을 위해 싸우는 것, 자유를 위해 죽는 것이라네."

흥분한 카시우스는 더욱 그를 다그쳤다.

"자네가 먼저 죽으면 로마인들이 가만 있겠는가. 브루투스, 자네는 자네 자신을 모르는군그래. 로마 시민은 다른 법무관에게는 선물과 각종 행사, 격투경기 등을 요구하고 있지만 자네에겐 독재정치에 대한 도전을 요구하고 있단 말일세. 자네가 그 요망과 기대에 부응하는 인물이라는 걸 알면 그들은 자네를 위해 기꺼이 죽을 것이네."

감동한 브루투스는 카시우스를 끌어안고 입을 맞추었다. 그리고 브루투스가 지도자라는 사실을 안 사람들은 3월 15일을 향해 일치 단결했다.

카이사르 암살의 경위에 대해서는 너무나 유명하므로 여기서 새삼 말할 것도 없으리라. 단 암살이 성공한 뒤 브루투스는 두 가지 잘못을 범했다. 한 가지는 안토니우스를 함께 죽이자고 주장하는 사람들에게 우리는 암살자가 아니라며 그 말을 받아들이지 않은 것, 또 한 가지는 카이사르 추도연설을 하겠다는 안토니우스의 제안을 허락한 바로 그것이다. 카시우스가 맹렬히 항의했으나 브루투스의 결심을 바꿀 수는 없었다.

하지만 이 잘못은 전략적으로는 실수였는지 모르겠으나 브루투스를 아는 사람이 보면 너무나도 브루투스다운 행동이었다. 브루투스가 이처럼 정의를 중시한 사람이었기에 그 음모가 성공한 것이다. 카시우스가 지도자였다면 힘 있는 로마 시민이 대체 몇 명이나 가담했을까.

그러나 브루투스의 브루투스다운 점이 실각을 재촉하는 원인이 되었다. 내가 재촉했다고 쓴 것은 음모자의 실각은 안토니우스가 선동을 하건 말건 상관없이 언젠가는 일어났을 것이라는 생각이 들기 때문이다. 안토니우스가 행한 연설의 효과는 그 전에 행해진 브루투스의 설명에 납득한 로마 민중의 마음을 선동적인 말로 바꾼 점에 있는 것이 아니다. 처음부터 로마가 품고 있던 생각을 다시 한 번 그들에게 상기시켜 준 것일 뿐이다.

살해당한 카이사르는 나날이 팽창해가는 로마에 공화정이 부적합하다는 것을 분명히 눈치채고 있었을 것이다. 그리고 제정(帝政)만이 로마를 가장 로마답게 하는 합당한 정치체제라는 것을 알고 그쪽으로 끌고 가고 있었다. 로마의 민중은 그런 깊은 내막까지는 몰랐을 것이다. 다만 그때까지의 공화정이 궁지에 몰려 옹색한 상태에 있었으며, 자신들을 둘러싼 전란의 원인이 거기에 있다는 것은 어렴풋이 느끼고 있었다. 그리고 이 혁명을 완수할 수 있는 인물은 카이사르말고는 달리 없다는 것도 무의

식적으로 느끼고 있었다. 혼미한 시대에 대중이 원하는 것은 그 사람 밑에서 일하고 싶다는 생각을 갖게 해주는 지도자 상(像)이니까.

환호성을 올리며 맞아줄 것으로 믿었던 대중에게 욕설을 들으며 쫓겨난 브루투스와 그 친구들은 이탈리아를 떠나 아시아로 도망칠 수밖에 없었다. 아시아에서 군대를 편성한 그들은 추격해오는 안토니우스와 옥타비아누스의 연합군을 그리스에서 맞아 싸우기로 했다. 내가 마지막으로 브루투스를 만난 것은 그가 그리스에 상륙한 날 밤이었다. 브루투스는 내게 사르디스에서 본 환영(幻影) 이야기를 했다.

브루투스가 천막 안에서 밤이 이슥하도록 잠을 못 이루고 홀로 생각에 잠겨 있을 때 일어난 일이라고 한다. 누군가 들어오는 인기척이 느껴져 입구 쪽을 쳐다보니 아주 큰 몸집의 이상한 형체가 서 있었다는 것이다. 브루투스는 용기를 내어 물었다.

"누구냐! 인간이냐, 신이냐? 무슨 일로 왔느냐?"

환영은 이렇게 대답했다.

"너의 악령이다. 필리피에서 만나자."

브루투스는 그렇게 이야기한 다음 나에게 말했다.

"그 망령은 혹시 카이사르가 아니었나 하는 생각이 듭니다."

나는 옛 제자에게 다음과 같은 말로 기운을 북돋워줄 수밖에 없었다.

"필리피를 전장으로 선택한 건 아니지 않나?"

그러나 어찌된 영문인지 양군의 전투는 테살로니키 지방의 필리피 벌판에서 벌어졌다.

패전한 브루투스는 카시우스가 전사했다는 소식을 듣고 난 뒤 한 친구에게 칼을 들게 하고는 그 검에 몸을 던져 자결하고 말았다. 마흔세 살이었다. 카이사르 암살 2년 후의 일이다. 적장 안토니우스의 명령에 따라 장례는 국장으로 치러졌으며, 유골은 어머니 세르빌리아에게 보내졌다. 아내 포리키아는 남편의 죽음을 알고는 실성한 사람처럼 하루하루를 보내던 어느 날 불속에서 타오르는 숯덩어리를 재빨리 주워삼키고는 입을 꼭 닫은 채 절명했다고 한다.

그리스도의 동생

형도 나도 아버지의 일을 이어받아 목수가 되었다.
성실하게만 일하면 먹고 사는 데 지장이 없었다. 그런데 일보다는
책 읽기를 좋아하던 형 예수가 갑자기 마을에서 사라져버렸다.

지금도 나는 그해 봄에 일어난 사건을 잊을 수 없다. 나는 아직 열 살짜리 꼬마였고 형은 열두 살이 되었다. 우리가 부모님에게 이끌려 유월절로 떠들썩한 예루살렘에 갔을 때 일어난 일이었다.

아버지 요셉이나 어머니 마리아는 만사를 유대교 법률대로 행하는 사람들이었기에 유월절에는 해마다 예루살렘에 가서 신전에 참배하는 것이 습관처럼 되어 있었다. 우리 형제도 해마다 예루살렘에 갔지만 그때까지는 그저 부모님이 가시니까 따라가는 정도였다.

하지만 그해는 달랐다. 형 예수가 열두 살을 맞았기 때문이다. 팔레스티나에 사는 유대인 남자는 열두 살부터 대축제 날에는 예루살렘에 가는 것이 법률로 정해져 있어 형도 비로소 예루살렘 참배의 훌륭한 자격을 얻게 된 것이다. 아직 그 나이가 되지 않았던 나는 여느 때처럼 그저 덤에 불과했다.

나자렛 마을이 있는 갈릴리 지방에서 사마리아를 거쳐 예루살렘이 있는 유대까지 남하하는 길은 거칠고 험준하기 그지없었으며, 가로막는 것 하나 없는 따사로운 봄 햇살로 땀이 배어날 지경이었지만 유월절 전후는 예루살렘으로 향하는 순례자가 끊임없이 뒤를 이었다. 이 사람들 틈에 끼여 어머니를 태운 당나귀를 아버지가 끌고, 그 앞뒤로 왔다갔다하며 어린 내가 따라갔다. 형은 어째서인지 우리보다 훨씬 뒤떨어진 곳에서 따라오고 있었다. 아버지 요셉은 어린 내게 말했다.

"형이 혼자 떨어지지 않게 네가 잘 봐라. 난 당나귀 발 밑을 신경 써야 하니까."

동생인 내가 뒤떨어져 오는 형한테 달려가 그 손을 끌고는 부모님 뒤를 쫓아갔다.

축제가 끝나 예루살렘의 성벽을 뒤로하고 나자렛으로 돌아가는 길이었다. 오랜만에 집에 갈 수 있게 되어 어머니를 태운 당나귀 앞쪽에서만 신나게 걷고 있던 나는 한참 가다가 그제야 내게 맡겨진 임무를 떠올렸다. 뒤를 돌아보니 따라오고 있을 줄 알았던 형의 모습이 보이지 않았다. 깜짝 놀란 나는 부모님께 바로 알렸다.

아버지도 어머니도 대단히 걱정하셨다. 마음씨 고운 어머니는 당장이라도 울음을 터뜨릴 것만 같았다. 우리는 곧바로 오던 길을 되돌아가기로 했다. 만일 형이 뒤처져 있다면 같은 길을 되짚어가면 어디선가 만날 것이다. 그러나 예루살렘을 뒤로하는 사람들로 북새통을 이루는 길을 되돌아가기란 예삿일이 아니었다. 아버지는 만나는 사람마다 이러이러한 소년을 본 적이 있느냐고 물었지만 모두 고개를 가로 저을 뿐이었다.

예루살렘 거리도 한참이나 찾으러 다녔다. 내 다리도 뻣뻣해져 왔지만, 시가지라고는 하나 당나귀를 타고 갈 수도 없는 상황이었기에 걸어서 여기저기를 헤맨 어머니는 말 한마디도 못할 정도로 지쳐 있었다.

사흘째 되는 날, 이제 더 이상 어디를 찾아야 할지 몰라 절망적인 심정으로 우리는 축제가 끝나 학자들만 남아 있는 신전으로 갔다. 부모님은 이제 신에게 기도할 수밖에 없다고 생각했던 것이다. 그런데, 그곳에 형이 있었다. 학자들 사이에 앉아 그들과 문답을 하고 있었던 것이다. 유대교 학자들은 아직 소년같이 보이는 형의 지혜나 대답하는 모습에 감복하기도 하고 의아해하는 듯도 했다.

부모님은 우선 한시름 놓고 가슴을 쓸어내리셨다. 그러나 이런 곳에서 이런 엉뚱한 짓을 하고 있는 아들이 놀라워 어머니가 말씀하셨다.

"아들아, 어째서 이런 곳에 있는 거니? 우리는 아주 걱정이 되어 한참을 찾아다녔구나."

형은 이렇게 대꾸했다.

"왜 저를 찾아 헤매셨어요. 저의 아버지 집에 있을 거라는 생각은 못하셨나요?"

아버지 어머니 두 분 다 어이가 없어서 말을 잇지 못하셨고, 동생인 나로서는 사과 한마디 없는 형이 괘씸하다는 생각이 들었다.

그래도 우리는 형을 신전에서 끌고 나와 나자렛으로 돌아올 수 있었다. 나자렛에서 전과 다름없는 생활을 하면서 형은 특별히 예전과 달라진 것처럼 보이지 않았지만, 때때로 혼자 상념에 잠긴 형을 볼 때마다 어머니 마리아의 얼굴엔 전에 없던 수심이 가득했다.

그로부터 얼마 뒤 아버지 요셉이 세상을 뜨시자 어머니와 소년 둘만이 예루살렘으로 참배를 가기엔 위험이 많이 따를뿐더러 가계를 지탱해주던 가장을 잃은 가정에서 그런 여행을 할 만한 돈도 없었다. 내가 열두 살이 되어도 예루살렘에 가서 유월절을 축하하는 일이 없었다.

형도 나도 아버지의 일을 이어받아 목수가 되었다. 법률로 정해진 시간만큼 일하고, 성실하게만 하면 먹고 사는 데 지장은 없었다. 물론 우리 집의 궁색한 살림은 아버지가 살아 계실 때와 마찬가지로 변함이 없었지만, 검은 상복을 벗으려 하지 않는 어머니에게 모진 고생만은 시키지 않아도 될 정도의 생활은 유지되었다.

하지만 형이 일하는 태도는 칭찬할 만한 것이 못 되었다. 때때로 마음이 산란해지는지 엉뚱한 데서 날림공사가 되고 마는 것이었다. 동생인 내가 형에게 맡긴 일이라도 그것이 끝나면 먼저 점검을 하고 난 다음 의뢰인에게 넘겨야 했다. 잘못된 곳을 찾아내 형에게 푸념하러 가기도 하지만 나는 결국 심한 말은 한마디도 하지 못했다. 자신의 잘못을 지적받은 형은 언제나 미안한 듯한, 그러면서 조금도 미안하게 생각하지 않는 듯 멋적은 미소를 지을 뿐이었기 때문이다.

"골칫거리 형이야."

그렇게 생각해도 나 역시 쓴웃음을 지을 수밖에 없었다.

일을 하지 않을 때면 형은 작업장 한쪽 구석에서 책만 읽었다. 책이라야 우리 집에는 유대의 낡고 조잡한 예언서 사본밖에 없었다. 형은 그것만 읽었으므로 전문을 암기할 정도였을 것이다. 그래도 우리 형제가 이십대 후반이 될 때까지는 검소한 생활이나마 평화롭게 지내고 있었다.

형 예수가 이십대를 마감할 무렵의 일이다. 어느 화창한 봄날, 형의 모습이 마을에서 사라졌다. 저녁식사 시간이 되어서야 형이 없다는 걸 알았다. 아무리 기다려도 돌아오지 않는 형을 찾아 작업장에 가보고, 온 마을을 찾아 헤매기도 했다. 나자렛에 있는 예루살렘의 회당과는 비교도 안 되는 작은 회당에도 가보았다. 그 어디에서도 형의 모습은 보이지 않았다.

다음 날도 또 그 다음 날도 형은 돌아오지 않았다. 어머니와 내가 바로 얼마 전 긴 여행을 마치고 마을로 돌아온 사람에게 요단 강 근처에서 형 예수를 보았다는 말을 들은 것은 여름철로 접어든 지 얼마 안 되어서였다. 그 사람은 또 이런 말을 해주었다.

"요단 강가에는 많은 사람들이 모여 있었지요. 그들은 낙타털 옷을 걸치고 허리에는 가죽끈을 매고, 메뚜기와 석청을 먹고 산다는 성자 요한이라 불리는 남자에게 강물로 세례라는 걸 받고 있었습니다. 그 가운데 목수 요셉의 아들도 섞여 있었어요."

어머니 마리아는 그후 내게 형을 찾으라는 말을 하지 않게 되었다. 그리고 어머니가 다음과 같은 사실을 내게 털어놓은 것은 그로부터 며칠이 지난 어느 날 밤이었다.

어머니 마리아가 요셉과 약혼 중에 일어난 일이었다고 한다.

어느 날 마리아는 꿈을 꾸었는데, 꿈속에서 나타난 두 개의 커다란 날개를 단 천사가 근엄한 목소리로 말했다.

"당신에게 하느님의 인사를 전합니다. 은총에 가득한 그대여! 주께서는 당신과 함께 계십니다."

아직 어린 처녀였던 마리아는 놀라 가슴이 두근거리고 그만 몸이 굳어지고 말았다. 천사는 말을 계속 이었다.

"두려워 말아요, 마리아! 당신은 주의 은총을 얻었습니다. 당신은 머지않아 잉태한 뒤 아이를 낳을 것입니다. 그 아이의 이름은 예수라 지으세요. 아이는 자라나 위대한 분이 되어 지극히 높은 분의 아들이라 일컬어질 것입니다. 또한 주이신 하느님에 의해 아버지 다윗의 왕좌를 이어받아 영원히 야고보 가문을 통치하게 될 것입니다."

긴장으로 몸이 굳어진 채 마리아는 물었다.

"저는 아직 남자를 모르는데 어찌 그런 일이 일어날 수 있습니까?"

천사는 이렇게 대답했다고 한다.

"성령이 당신에게 내려 지극히 높으신 분의 능력이 당신을 덮을 것입니다. 그러므로 태어나는 아기는 거룩한 분으로 하느님의 아들입니다. 당신 친족인 엘리사벳도 늙었으나 잉태하지 않았습니까. 수태하지 못한다던 사람인데 벌써 여섯 달이 되었습니다. 하느님은 못 하시는 일이 하나도 없습니다."

그리하여 처녀인 마리아는 이렇게 대답할 수밖에 없었다고 한다.

"저는 주의 종입니다. 당신의 말씀대로 이루어지기를."

나이가 어린 마리아였지만 꿈 이야기를 약혼자인 요셉에게도 알리지 않은 채 산지에 있는 유대 마을로 서둘러 출발했다. 그곳에 도착하자 마리아는 망설임 없이 즈가리야의 집을 방문했다. 즈가리야의 아내 엘리사벳은 진심으로 기쁨과 친애의 정을 담아 마리아를 끌어안았다. 그리고 오랫동안 아이가 없던 자신에게 하느님이 아이를 점지해주시고, 태어날 아이는 요한이라 이름을 지으라는 계시가 있었다는 말을 전했다.

유대를 떠나 나자렛으로 돌아온 마리아는 떠날 때와 달리 마음이 편안해져 더 이상 아무것도 생각하지 않고 그저 하느님의 뜻에만 따르겠다고 결심했다고 한다.

나자렛에 돌아온 마리아는 약혼자인 요셉에게 모든 사실을 털어놓았다. 성숙한 나이의 목수 요셉은 조금 놀라기는 했으나 마리아를 의심하거나 비난하지 않으려고 마음을 정한 듯했다. 그리고 두 사람이 결혼한 다음에도 신부와 잠자리를 같이하려고 하지 않았다.

그 무렵 로마의 아우구스투스 황제로부터 전 로마 제국 영내의 인구를 조사하라는 명령문서가 로마의 지배 아래 있던 팔레스티나에도 전해졌다. 사람들은 모두 이름을 신고하기 위해 자신의 본적이 있는 고향으로 돌아가야 했다. 요셉도 이미 수태한 것이 눈에 띄기 시작한 아내 마리아를 데리고 갈릴리의 나자렛에서 유대의 마을 베들레헴으로 길을 떠났다. 그런데 베들레헴에 있는 동안 마리아는 산기를 느꼈다. 여관에 빈방이 없어 난

감해하는 요셉에게 여관의 하녀가 마당 한구석에 있는 마구간이라도 괜찮다면 묵어도 좋다고 말했다. 그리하여 마리아는 그곳에서 첫아이를 낳았다. 구유가 갑자기 침상으로 바뀌고 아기는 그 안에서 흰 강보에 싸여 잠들었다. 많은 양치기들이 아기를 보러 와 초라한 산실도 매우 떠들썩했다. 양치기들은 저마다 천사의 계시가 있었다며 소곤거렸다.

아기의 이름은 천사가 일러준 대로 예수라고 불렀다. 아버지 요셉은 마리아가 하는 대로 내버려두고 아무 말도 하지 않았을 뿐 아니라 아내와 아기에게 매우 다정했다. 어찌된 영문인지는 몰랐으나, 세 명의 귀인이 마구간을 방문해 구유에서 잠든 아기 예수를 경배한 후 비싼 선물을 두고 간 것이 유대의 가난하고 글도 모르는 이 목수에게 경건한 마음을 갖게 했는지 모른다. 그렇지 않다면 그후 헤로데 왕이 아기를 보면 무조건 죽여버린다는 소문이 퍼졌을 때, 아기가 있는 사람들과 함께 멀리 이집트까지 도망을 가지는 않았을 것이다.

아기를 안고 당나귀에 흔들려 가는 어머니의 뱃속에는 이미 내가 있었다. 어머니는 다정하고 성실하며 우직한 목수 요셉을 깊이 사랑하기 시작했는데, 그가 바로 내 아버지이다.

어머니 마리아의 이야기로는 이집트에서 돌아온 이후 모든 것이 평온했기에 아들 예수와 관련된 그간의 이상했던 일들을 까맣게 잊고 살았다고 한다. 예수가 열두 살이 된 해에 일어난 예루살렘 신전에서의 사건 전까지는 어머니가 불안에 가슴을 졸여야 하는 일은 일어나지 않았기 때문이었다. 어렸을 때의 형은 딴 아이들과 전혀 다를 바 없는 보통 아이였다고 한다.

예루살렘 신전사건 이후 예수의 모습은 전과는 달랐지만 어머니 가슴에 못을 박을 정도로 심각한 일은 일어나지 않았다. 어머니 마리아도 그런 아들이 청년으로 성장해가는 것을 지켜보면서 아들의 뜻대로 내버려둘 수밖에 없다고 체념하는 마음과, 어쩌면 이대로 결혼이라도 해서 평범하게 살아줄지도 모른다는 기대를 반반씩 가지면서 살아왔다고 한다.

그러던 중 돌연한 형의 가출이 있었고, 세례 소문이 들려온 것이다. 기어코 올 것이 왔구나 하고 느낀 어머니는 내게 모든 것을 털어놓을 생각이 드신 것이다. 그후 어머니는 웬일인지 갑자기 폭삭 늙어버린 모습으로 형의 소문을 전해주는 사람들의 이야기에 기쁨이나 슬픔의 감정을 전혀 내색하지 않고 단지 조용히 한숨만 내쉬면서 듣고 있었다.

형 예수에 대해 처음엔 가끔씩 들려오던 소문이 날이 갈수록 늘어나 이 나자렛 마을에서도 시끌시끌했다.

요단 강에서 형에게 세례를 준 요한, 그가 바로 엘리사벳의 아들인데, 요한을 그리스도라고 부르는 사람이 많았다. 하지만 사람들에게 요한 스스로 이렇게 말했다고 한다.

"나는 물로 그대들에게 세례를 주지만 나보다 능력 있는 분이 이제 곧 나타나실 것이오. 그분은 성령과 불로 그대들에게 세례를 주실 것이리니. 나는 그분의 신발 끈을 풀 자격도 없는 사람이오. 그리스도 즉 메시아는 그분이니까."

사람들은 요한이 구세주라 부른 그 사람이 언제 유대 땅에 나타날 것인가를 놓고 중구난방으로 떠들어댔다.

또한 예수는 요단 강에서 세례를 받은 다음 광야에 들어가 거기서 40일에 걸친 단식을 하고 있다는 소문도 들었다. 앙상하게 뼈와 가죽만 남았을 형의 모습을 상상만 해도 내 가슴은 미어지는 듯했으니 어머니야 오죽 했겠는가.

그 무렵부터 갈릴리에 있는 여러 마을의 회당을 돌며 형이 설교를 한다는 소문이 전해지기 시작했다. 사람들이 감동하며 듣고 있다고 전해준 이도 있었다.

그리고 형은 마침내 이 나자렛에 왔다. 어머니와 내가 그것을 안 것은 소문을 통해서였는데, 그 사람은 형 예수가 마을 회당에서 설교를 하고 있다고 가르쳐 주었다. 어머니와 나는 서둘러 회당으로 달려갔다.

호기심이 곁들어서인지 사람들로 입추의 여지가 없는 회당 안 제단 한가운데에 서서 이야기하고 있는 형을 사람들 틈새로 바라보는 게 고작이었다. 형은 전에는 입은 적이 없는 희고 긴 옷을 걸치고 있었으며 조금 야위었는지 키가 더 커 보였다. 주위에서 수런대는 소리가 들렸다.

"저건 목수 요셉의 아들이 아닌가?"

그래도 친절한 사람이 있었는지 설교가 일단락되자마자 그 틈을 타서 단상의 예수에게 말했다.

"당신의 어머니와 형제가 당신을 만나러 왔습니다."

주위 사람들은 인파에 눌려 몸을 제대로 가누지 못하는 어머니 마리아를 알아보고 길을 터주었다. 겨우 한숨 돌린 어머니와 내가 형 가까이로 한 걸음 내디뎠을 때였다. 예수의 목소리가 마치 하늘에서 내려오는 소리처럼 들렸다.

"내 어머니란 누구인가. 내 형제란 누구인가. 내 어머니, 내 형제는 주의 말씀을 듣고 그를 행하는 사람 모두이니라."

나도 어머니도 더 이상 발걸음을 뗄 수가 없었다. 형이 말하는 게 사실일지 모른다. 하지만 그렇긴 해도 조금 더 따뜻하게 우리를 대해줄 수는 없었을까. 남에게는 그토록 사랑을 설교하며 다니는 형이. 그날 밤 나는 처음으로 어머니 마리아의 울음소리를 들었다.

이 일이 있은 후 우리에게 전해지는 형의 소문은 점점 더 무성해졌다.

절망적인 병을 고쳤다, 끝내는 죽은 사람을 살렸다, 다섯 개의 빵과 두 마리의 물고기를 순식간에 많은 수로 만들어 그것으로 남자들만 오천 명을 먹였다는 등, 예수가 행한 기적의 소문은 끊이지 않았다. 기적을 하나 행할 때마다 신자 수는 한층 더 늘어났다고 그것을 자기 눈으로 보았다는 사람이 우리에게 이야기해 준 적이 있다.

그의 이야기에 의하면 이 마을에서 저 마을로 기적을 행하고 설교를 하면서 돌아다니는 예수 뒤에는 집을 버리고 부모 형제마저 버린 수많은 사람이 따라다닌다고 한다. 예수의 말을 믿는 사람들은 예수야말로 메시아이자 그리스도이며, 로마 제국의 지배 아래 있는 유대의 민중들을 구원하기 위해 하느님이 보내신 유대민족의 구세주라는 것이었다.

이 사람들은 예수가 가르친 대로 유대의 어떤 마을이라도 들어가기만 하면 '하느님의 나라가 가까워졌다!'고 소리치고는 예수의 가르침을 믿으라고 설교한다는 것이다. 이와 같은 사람들이 늘어나자 그에 반감을 가진 사람도 생겨 예수를 미치광이, 가짜 예언자, 신을 모독하는 자라는 식으로 비방하는 사람이 많다는 것이었다.

그러나 사람들이 전하는 예수의 가르침은 내가 듣기에도 쉽고 특별히 불경스러운 말을 하고 있다고는 생각하지 않았다. 산 위에 사람들을 모아놓고 들려주었다는 가르침도 그것을 자신의 귀로 직접 들었다는 사람의 말에 의하면 아주 지당했다는 것이다. 그리고 나 같은 사람이라도 그런 것들은 날마다 깊이 생각하고 있지는 않아도 항상 실행하고 있는 것이다. 하느님의 나라는 한 사람 한 사람의 마음속에 있다는 말은 내 가슴에도 깊이 남았다.

다만 그토록 부드러운 미소를 짓던 형이 어떻게 이런 멋진 말을 할 수 있게 되었을까 하고 생각한 순간, 내 입가에는 저절로 미소가 떠올랐다.

유월절이 가까웠던 무렵이었다. 여느 때처럼 작업장에 있던 내게 어머니 마리아가 평소와는 달리 아주 황망한 모습으로 다가와 이렇게 말씀하셨다.

"예수가 많은 사람을 이끌고 예루살렘으로 향하고 있다는구나. 그 아이가 예루살렘에 가까이 가서 좋은 일이란 한 번도 없었잖니. 난 그만 애간장이 녹아내리는 것만 같아 가봐야겠다. 너도 함께 가주겠니?"

형이 집을 나간 뒤 나는 홀로 남은 어머니만을 모시며 살아갈 생각이었다. 그런 어머니가 가고 싶어한다면 나로선 달리 할 말이 없었기에 약간의 먹을 것을 들고 어머니를 당나귀에 태워 그날 중으로 길을 떠났다.

서둘러 갔으므로 우리는 유월절 이틀 전쯤 예루살렘에 도착할 수 있었다.

대축제를 앞둔 그해의 예루살렘은 떠들썩하다기보다 어수선했다. 전해 들은 이야기로는 당나귀를 타고 예루살렘에 입성한 예수를 위해 많은 사람들이 길에 자신들의 겉옷을 벗어 깔거나 혹은 나뭇가지를 베어 깔면서 환영했다고 한다. 앞뒤에서 예수를 따르는 사람들은 "다윗의 자손 호산나, 찬송하라, 주의 이름으로 오는 이, 하늘의 가장 높은 곳에서 호산나!"라고 소리치면서 신전으로 향하는 예수를 따라갔다.

신전에 들어간 예수는 그곳에서 가게를 열어 물건을 파는 매장을 부수고 환전소 책상을 엎으며 그것을 막으려는 사람들에게 외쳤다고 한다.

"내 집은 기도하는 곳이다. 이곳을 강도의 소굴로 만들 생각인가!"

이 일로 자신들이 믿는 법률만이 신의 율법이라 생각하는 유대교의 랍비들과 가게가 부서진 상인들의 원성을 사게 되었다. 예루살렘의 거리는 유월절이 다가옴에 따라 예수를 그리스도라고 믿는 사람과 정통적인 유대교를 배반한 자라고 생각하는 사람으로 양분되고 말았다. 거리 여기저기서 이 둘 사이의 사소한 분쟁이 끊임없었고, 양식이 있는 사람들은 무슨 일이 생기지 않으면 좋으련만 하고 우려하고 있었다.

어머니와 내가 예루살렘에 도착하고 나서도 형 예수는 신전이나 그 밖의 장소에서 공공연히 설교를 하고 다녔다. 예수 주변에 모여 가르침을 듣는 사람의 수는 날마다 늘어 이제 우리가 바란다 한들 형에게 쉽게 다가가기는 어려운 형편이었다.

하지만 만일 가까이 갈 수 있었다 해도 어머니는 그렇게 하지 않았을 것이다. 어머니 마리아는 형을 걱정하고는 있었지만, 육친을 버린 자만이 진정한 신앙을 얻을 수 있다는 말이 형의 입에서 직접 나오는 것을 두 번 다시 듣고 싶지 않았기 때문이라고 생각한다. 그래서 우리는 예루살렘에서 가장 허름한 숙소에 여장을 푼 다음에도 형을 추종하는 사람들 뒤에서 그저 조용히 따라가기로 했던 것이다.

이른 아침 겟세마네 동산에서 형이 체포되었다는 사실은 나중에야 알았다. 붙잡힌 형이 대사제 가야파의 집으로 끌려갔음을 안 어머니와 나는 서둘러 그 집으로 달려갔다. 하지만 그곳은 사람들로 가득했고, 마당 한구석으로 겨우 비집고 들어갈 수 있을 정도였다. 그러나 거기서 형의 얼굴에 침을 뱉으며 거친 어조로 질문을 던지는 율법학자의 목소리가 들렸다.

"네가 그리스도냐, 하느님의 아들이냐?"

이에 차분하게 대답하는 형의 목소리가 들렸다.

"너희가 말한 바와 같다."

그리고 채찍질하는 소리도, 로마 총독 빌라도에게 끌고 가서 사형에 처해야 한다고 떠드는 고함소리도 들렸다. 어머니가 가슴 아파하는 모습은 곁에서 보기에도 애처로웠다.

빌라도의 관저에는 들어갈 수가 없었으므로 안에서 무슨 일이 있었는지 모른다. 다만 사람들이 지르는 고함소리가 밖으로 들렸을 뿐이다.

"십자가에 매달아라!"

그리고 총독이 퇴장한 다음에는 형의 옷을 벗겨 자색 옷을 입힌 다음 면류관을 씌우고는 기둥에 묶어 채찍질을 해대면서 유대의 왕이여, 라고 소리치고는 웃어댔다는 것이다. 나는 그 이야기를 어머니에게 전하지 않았다.

형이 두 명의 강도와 함께 골고다라 불리는 언덕 위에서 십자가에 못박힌다는 소문은 그날 밤 안에 예루살렘 전역으로 퍼졌다. 나는 적어도 어머니만은 숙소에 남도록 권했지만 평소에는 온화하기만 하던 어머니가 그날만은 완강하게 고집을 세워 들으려 하지 않았다. 하는 수 없이 십자가를 짊어진 형이 형장으로 끌려가는 길로 어머니를 모시고 갈 수밖에 없었다.

길 양쪽은 호기심에 가득 찬 사람들과 예수를 믿는 사람들로 메워졌으며 우리는 기껏해야 모퉁이 기둥 사이에 겨우 서 있을 만한 틈을 발견했다.

잠시 후 다가온 형은 끔찍할 정도로 수척해진 몰골이었다. 벌거벗긴 몸뚱이에는 채찍으로 생긴 상처가 붉은 강줄기처럼 남아 있었고, 머리에 씌워진 면류관의 가시가 이마를 찌를 때마다 흘러내리는 피가 땀과 섞여 핏빛이 낭자한 모습이었다. 남자인 내 가슴까지 송곳으로 찌르는 듯 예리한 아픔을 느꼈다. 옆에 계시는 어머니는 눈앞에 무거운 십자가를 지고 힘겹게 지나가는 아들의 모습을 눈으로 쫓으며 소리도 내지 않고 하염없이 울고만 계셨다.

골고다의 언덕은 병사들에게 저지를 당해 멀리서 지켜볼 수밖에 없었다. 그래도 군중들 제일 앞에는 예수를 따라온 여자들, 막달라 마리아나 다른 여자들이 진을 치고 있었는데, 그들은 병사의 제지에도 끄덕없이 큰 소리로 기도를 하거나 흐느껴 울고 있었다. 그런데 제 배로 예수를 낳은 어머니 마리아는 군중 뒤에 힘없이 주저앉아 그저 소리 없이 눈물만 흘리고 계셨다. 형은 몇 시간 뒤에 숨을 거두었다.

"내 아버지여, 나의 아버지시여, 어찌하여 저를 버리시나이까!"라고 외치며.

우리는 그날 중으로 슬픔에 휩싸여 말 한마디 못하시는 어머니를 당나귀에 태우고 예루살렘을 뒤로했다. 그로부터 일년이 채 못 되어 어머니 마리아는 마치 기름이 떨어진 등불이 조금씩 사그라들 듯 조용히 눈을 감으셨다. 우리에게도 사흘 뒤 예수가 부활해 제자들 앞에 모습을 나타냈다는 이야기가 전해졌지만 어머니는 그런 소문에는 조금도 마음이 동요된 것 같아 보이지 않았다.

돌아가신 어머니는 천국에 가셨을 것이고 거기서 형을 만났을 것임이 틀림없다. 천국에서 형은 좀더 따뜻하고 다정하게 어머니를 맞아주었을까.

네로 황제의 쌍둥이 형

역사가들은 몰랐을 것이다. 저 유명한 네로 황제에게 쌍둥이 형인
바로 내가 있었다는 사실을. 의붓아버지 클라우디우스 황제,
어머니 아그리피나, 아내 옥타비아를 살해하라고 명령한 것은 나다.

역사가들은 결국 감쪽같이 몰랐던 것이다. 저 유명한 네로 황제에게 쌍둥이 형인 바로 내가 있었다는 사실을.

나와 네로는 서기 37년 12월 15일에 태어났다. 제2대 황제 티베리우스가 죽은 지 몇 달 뒤의 일이었다. 아버지는 초대 황제 아우구스투스 누이의 손자 격인 도미티우스이며 어머니는 아그리피나다. 티베리우스 황제의 남동생 아들 가운데 하나로, 용맹한 장수로 알려진 게르마니쿠스의 딸인 우리 어머니는 아그리피나라는 이름이었기에 보통 소(小)아그리피나라고 부른다. 우리가 태어났을 때는 게르마니쿠스의 아들 칼리굴라가 티베리우스 황제의 뒤를 이어 제3대 황제가 되어 있었으니까 나와 네로는 현 황제의 조카로 이 세상에서 출발을 시작한 것이다.

딱 한 사람, 당사자인 어머니 아그리피나조차 쌍둥이가 태어나리라고는 생각지도 않았다. 엄청난 난산 끝에 아직 한 명 더 뱃속에 있었기에 산파는 소스라치게 놀란 나머지 나를 받은 다음 조심성 없게도 바닥에 떨어뜨리고 말았다고 한다. 그때의 아픔은 어렴풋이 기억이 나는 것 같다. "지금 뭐 하는 짓이야, 아파 죽겠네!" 하고 소리지른 것도. 갓 태어난 핏덩어리가 설마, 라고 여기겠지만 나는 사실이었다는 생각이 든다. 이런 연유로 나는 분노하면서 인생의 첫걸음을 시작한 것이다.

쌍둥이의 탄생을 아버지 도미티우스는 껄껄 웃으며 받아들였으나, 어머니 아그리피나는 남세스럽다며 달갑잖게 여겼다. 원래 허영심이 강한 여자인데다 현 황제의 친동생이기 때문에 로마 사교계의 꽃 같은 존재라고 착각하고 있던 터라 쌍둥이 어머니라고 하면 체면이 말이 아니라는 것이다. 그래서 노예였던 산파를 자유의 몸으로 풀어주고 넉넉한 연금을 주어 땅과 집까지 준다는 조건으로 쌍둥이 중 하나를 양육시키자고 남편을 졸랐다. 이것으로 쌍둥이 탄생에 관한 비밀은 당사자인 아버지와 어머니, 그리고 산파, 이렇게 세 사람 사이에서만 유지되게 된 셈이다.

집을 나오게 된 쌍둥이 중 하나는 누구였느냐 하면 형뻘이 되는 바로 나다. 태어날 때 바닥에 떨어진 것이 로마 제국의 황제가 될 수도 있는 신분치고는 재수가 없다는 것과 울음소리가 너무 시끄럽다는 것이 어머니 아그리피나가 내세운 이유였다. 네로는 배고플 때말고는 언제나 새근새근 잘 자는 순한 아기였단다. 이리하여 태어나서 바로 나는 로마와 나폴리 사이에 펼쳐진 캄파니아 벌판에서 양떼를 몰아대며 근처 농사꾼 아이들의 골목대장 노릇을 하면서 씩씩하게 자란 것이다.

아버지 도미티우스는 그래도 가끔은 내 걱정을 해준 듯하다. 산파에게는 이것저것 선물을 든 시종이 철이 바뀔 때마다 찾아왔다고 한다. 하지만 아버지는 내가 세 살 되던 해에 돌아가셨다.

어머니 아그리피나는 아직 스물다섯의 한창 젊은 나이. 4년 뒤에 재혼한다. 상대방 남자는 결혼 기간 중 내 존재는 몰랐던 모양이다. 죽을 때 네로에게는 유산을 남겼으나 나에게는 아무 것도 남겨주지 않았으니까.

어머니의 재혼으로 성가신 존재가 된 네로는 큰어머니 레피다에게 맡겨졌다. 레피다의 집과 내가 자란 산파의 집이 가까워 그 당시엔 함께 자주 어울렸다. 얼핏 보아 가정교육이 잘된 얌전한 네로는 놀이 상대로는 재미가 없었지만, 산파가 남들 모르게 전부 이야기해주어서 모든 것을 알고 있던 나는 일부러 함께 놀았다. 쌍둥이 동생을 관찰하고 싶었기 때문이다. 그리고 우리 둘이 열 살이 되던 해에 나무그늘이 시원한 샘터로 데리고 가서 모든 것을 폭로하고 말았다.

그 녀석은 새파랗게 질렸다. 착한 아들이었던 네로는 어머니가 눈치채지 않도록 행동했다고 하지만 그후 내가 하는 말이면 뭐든 들어주게 되고야 말았다.

로마에서는 칼리굴라 황제가 죽고, 그 뒤를 삼촌인 클라우디우스가 계승했다. 물론 어머니 아그리피나에게도 삼촌이 된다. 아그리피나는 두 번째 남편을 잃고 또다시 미망인이 되고 말았으며, 덕분에 네로도 로마의 어머니 밑에서 다시 생활하게 된다.

아그리피나라는 여자는 결혼할 적마다 미망인이 되었지만 다음에 재혼할 때에는 이전보다 신분이 높은 남자와 결혼하는 강한 운을 지녔다.

미인에다 남한테 지기 싫어하며 사람을 끌어당기는 매력도 있었겠지만, 무엇보다도 가문이 좋았기 때문일 것이다.

클라우디우스 황제는 아내에게 눌려 꼼짝 못하는 남자로 평판이 나 있었지만 실제로는 상당히 유능한 황제였다. '신군'(神君)이라는 칭호를 받은 것은 율리우스 카이사르, 초대 황제 아우구스투스 외에는 제4대 황제 클라우디우스뿐이다. 관료제도를 완비하고 도로를 정비했으며 속국 통치에도 빈틈이 없었고, 동방 정복에도 상당한 공적을 거두고 있다. 단 어릴 때부터 열등감이 강하고 존재감이란 거의 없다시피 지낸 기간이 길어 화려한 일을 하는 것에 질색이었다는 것은 사실이다.

게다가 여자가 시끄럽게 떠들어대면 성가신 듯 그만 그녀들의 주장을 아무 말 없이 들어주고 마는 소심한 구석이 조금 있었으며, 화려하고 음탕하기로 유명했던 황후 메살리나가 자기 뜻대로 조종했다고 세간에서는 생각하고 있었다. 영리하다고 생각하는 여자는 대개가 바보니까 쓸데없는 일엔 시끄럽게 말참견을 하지만 중요한 일에는 무관심하기 때문에 클라우디우스 황제는 그런 점을 잘 파악해 의외로 능숙하게 제국 통치라는 중대한 임무를 완수했지만 세간도 결국은 여자들과 똑같다. 그런 요령을 이해할 수 없었던 것이다.

클라우디우스 황제가 홀로 되었다. 메살리나가 죽은 것이다. 요사스러운 여자에게 걸려들어 시키는 대로 했다가는 제국의 손실이라며 원로원 등도 황제를 빨리 재혼시키려고 획책했다. 클라우디우스 황제는 메살리나 사이에서 태어난 브리탄니쿠스라는 아들이 이미 있었기에 후계자에 대한 걱정은 없었지만, 여자 문제에 관해서는 신용을 잃고 있었던 것이다.

로마 상류계급의 여자들은 눈에 불을 켜고 분주하게 공작을 꾸미기 시작했다. 공석이 된 황후 자리를 노리고 말이다. 물론 야심만만한 우리 어머니 아그리피나는 재혼 상대를 잃고 미망인이 된 게 오히려 잘 되기라도 한 듯, 숙부인 황제에게 온갖 교태를 부리며 다가갔다. 아무튼 아그리피나는 자신의 가문과 미모에 대단한 자신을 갖고 있었다. 다만 황제의 여동생이나 조카는 되었지만 황후만은 아직 되어보지 못한 것이 한이었다. 더구나 이제 서른세 살. 로마 대제국의 퍼스트 레이디가 되기 위해서는 절대로 이 기회를 놓칠 수 없다고 생각한 것이리라.

가문으로 보나 품격으로 보나 누구에게도 뒤지지 않는 아그리피나는 클라우디우스 황제에게는 조카뻘이 된다. 역시 숙부와 조카의 결혼을 인정하기까지는 주저하는 사람이 적지 않았으나, 아그리피나는 자신의 혈통이 존귀함을 강조함으로써 라이벌들의 존재감을 희미하게 하는 데 성공한다. 또한 타고난 매력과 집요한 설득으로 마침내 황제 클라우디우스의 마음을 끄는데에도 성공했다.

팔라티움 언덕 위에 세운 궁전으로 아그리피나는 전 남편의 아들 네로를 데리고 들어갔다. 더구나 의붓아들인 네로를 클라우디우스 황제의 양자로 삼는 데에도 성공했다. 궁전에는 이미 네로에게는 세 살 아래인 브리탄니쿠스와 옥타비아라는 두 명의 클라우디우스 황제의 친자식이 있었음에도 불구하고 말이다. 네로를 왕자로 삼는 데에는 옥타비아와의 약혼이라는 조건이 달려 있었고, 실제로 결혼한 것은 그로부터 5년 후 네로가 열여섯이 되던 해였다.

왕자가 되고 난 뒤에도 네로와 나는 자주 만났다. 아니, 내가 몰래 불러낼 때마다 네로는 한밤중에 팔라티움 언덕 아래에 있는 대경기장까지 달려와, 그곳 관객석 밑에서 만났다. 여전히 차분한 젊은이였지만 왕자가 된 것을 별로 기뻐하지도 않았고, 약혼 상대인 옥타비아가 자존심만 강해서 아무래도 좋아할 수가 없다고 말한 걸 기억한다.

우리 둘은 남몰래 만날 수밖에 없었다. 둘 다 판에 박은 듯 너무나도 똑같아 분간이 안 갔으며, 꼬불꼬불하고 숱이 별로 없는 붉은 금발머리에 탁하면서도 파란 눈, 얼굴 전체에는 주근깨가 나 있었고, 키는 보통인데 젊어서부터 비만 체질인 것도 같았다. 나와 네로 두 사람을 한눈에 구별한다는 건 불가능에 가까울 것이다. 어머니 아그리피나조차 우리 둘을 나란히 세워놓기라도 하지 않는 한 필시 분간이 가지 않았을 것이다.

우리 둘이 열일곱 살이 되던 해, 클라우디우스 황제가 죽었다. 세간에서는 야심만만한 황후가 독살한 것이라는 소문이 무성했고, 역사가 타키투스나 전기작가 수에토니우스도 그렇게 기록하고 있다. 하지만 그건 바로 내가 중심이 되어 음모를 꾸민 결과이다.

2년쯤 전부터 네로의 안내로 나는 어머니 아그리피나와 가끔 만나고 있었다. 어머니는 어려서 버린 것이나 다름없는 나에게

터럭만큼의 연민도 애정도 없는 듯했지만 나와 만나기를 꺼려하지는 않았다. 어머니와 만날 때마다 나는 그녀를 조금씩 불안에 빠뜨려 큰일을 감행하도록 부채질한 것이다.

클라우디우스 황제가 로마의 어느 귀족 여자에게 푹 빠져 숙부와 조카 사이의 결혼이라는 부자연스러운 관계를 청산한 뒤 그녀를 황후로 삼고 아그리피나와 네로와는 인연을 끊을 생각인 듯하다고 바람을 넣었다. 아그리피나는 처음부터 숙부와 조카의 결혼을 불안하게 느끼고 있던 차에 마침 내가 지명한 로마 귀족의 여자에게는 평소 그녀의 미모와 가문에 적개심을 품고 있었기에 이 말을 쉽게 믿고 말았다.

아그리피나의 불안과 두려움이 최고조에 달했을 때를 가늠해 나는 캄파니아의 들판에 사는 유대인 여자에게 조제시켜 만든, 독이 든 작은 병을 슬쩍 황후의 손바닥 안에 넣어주었다. 클라우디우스 황제가 좋아하는 버섯 요리에 섞으면 모를 거라고 말하면서.

독살은 정말 내가 생각한 대로 감쪽같이 성공했다. 식탁에서 바로 효과가 나타나서는 안 되니까 음식에 체한 황제가 침소에 든 다음 얼마 후에 죽은 것처럼 꾸민 것이다. 내 쌍둥이 동생 네로는 이것으로 대 로마 제국의 황제가 되었다.

황제로 즉위한 초기의 네로는 매우 평판이 좋았다. 원로원에서 있었던 취임 연설에서 자신의 치세는 관용과 인내의 정신으로 특색 지을 수 있을 것이라고 선언하며, 열일곱 살이라는 어린 나이에 황제의 임무를 떠맡게 된 자신을 원로원도 로마 시민도 도와주길 바란다고까지 말했기에 로마의 귀족과 평민들 모두 박수갈채를 보냈다. 실제로 즉위 직후에 동방의 속국에서 반란이 일어났을 때에도 적절하게 대처했으며, 군단의 재편성도 속국의 통치도 결단력 있게 잘 처리해 나갔으므로 전 황제의 죽음에 의구심을 감출 수 없었던 사람들도 새 황제를 다시 보기 시작했다. 나도 시를 짓거나 음악에만 재능이 있다고 생각한 네로가 꼭 그렇지만도 않은 것 같아 적잖이 놀란 건 사실이다.

나의 다음 목표는 클라우디우스 황제의 친아들 브리탄니쿠스를 제거하는 것이었다. 이 소년은 영리했을 뿐 아니라 황제의 친아들이면서 황위계승에서 제외되었다는 이유로 로마 시민의 동정과 인기를 한몸에 받고 있었기 때문이다. 네로의 황위를 견고하게 하기 위해서는 브리탄니쿠스의 존재는 위험하기 짝이 없었다. 화근은 어린 싹일 때 도려내지 않으면 안 된다.

이번에도 독약을 썼다. 단 브리탄니쿠스는 아버지 클라우디우스 황제처럼 술을 마시지 않았으므로 독의 효과가 빨리 나타나 식탁에 있는 동안 이미 전신에 경련이 왔다. 그래서 이번에도 공모자였던 황태후 아그리피나가 지병인 간질 때문에 발작을 일으킨 것이라며 그 자리를 무마시켰다. 성년식을 맞기 직전의 죽음이었기에 왕자의 장례식이라고는 하나 간소하게 마칠 수가 있어 이것저것 잡음이 생기기 전에 서둘러 화장(火葬)을 하고 말았다.

네로는 몹시 충격을 받은 듯했다. 동생이 없던 그는 브리탄니쿠스를 친동생처럼 사랑했기 때문이다. 네로가 죽은 동생에게 바치는 조사(弔詞)는 나처럼 사정을 아는 사람이 보면 진심을 토로한 내용이었지만, 브리탄니쿠스의 인기에 질투를 느낀 네로가 죽인 것으로 여기고 있던 민중들은 어쩌면 저렇게 뻔뻔스러운 거짓말을 술술 내뱉을 수 있을까 하며 수군댔다.

브리탄니쿠스가 죽고 나서 얼마 뒤였다고 기억한다. 네로가 사랑에 빠졌다. 자존심만 높은 옥타비아와의 결혼생활은 처음부터 잘 될 리 없었는데, 동생의 죽음이 옥타비아를 이전보다 한층 더 당찬 여자로 바꾸고 말아, 네로와 침소를 함께하는 것조차 내놓고 거부하게 되었다.

브리탄니쿠스의 죽음으로 충격을 받은데다 황제가 될 수 있었던 것은 자기 덕분이라고 자꾸 압력을 넣는 어머니와, 형이라는 나의 존재를 정신적으로 감당하기 힘들어진 네로가 일시적인 위안을 아내의 시녀인 아크테에게 구했던 것이리라. 아크테는 아시아 태생의 여자로 해방 노예였다. 더구나 그 당시 수도에도 침투하기 시작한, 동방에서 새로 생겨난 종교인 그리스도교라는 데에 정신을 팔고 있는 여자인 듯했다.

네로는 옥타비아와 이혼한 다음 아크테와 정식으로 결혼하고 싶다는 말을 꺼냈다. 진심으로 여자를 사랑한 것도 또한 사랑을 받은 것도 처음이라고 말하는 네로에게 걱정말고 나만 믿어보라고 대답했다. 내게는 계산이 있었다. 그것을 확실하게 하기 위해서는 옥타비아가 황후로 있는 한 문제가 생길 우려가 있다.

그 무렵부터 나는 벌건 대낮에도 당당하게 궁전에 드나들게 되었다. 물론 황제의 쌍둥이 형으로서가 아니다. 나와 네로가 판박이인 것을 이용해 종종 바꿔치기를 했던 것이다. 대경기장에서 네 필의 말이 끄는 전차(戰車)를 타고 달려 우승한 것은 네로가 아닌 바로 나다. 네로는 말을 타는 것을 싫어하는 편이었지만, 나는 캄파니아의 들판에서 자란 덕분에 말을 몰기로 치자면 로마 명문가의 아들쯤은 꼼짝 못하게 할 자신이 있었던 것이다. 민중들은 무예 또한 뛰어난 황제를 대단히 흡족하게 여겼다.

네로도 이 바꿔치기를 싫어하기는커녕 썩 마음에 들어했다. 내가 황제 노릇을 하는 동안 나와 네로와 어머니와 아크테밖에 모르는 비밀의 장소에 숨어 거기서 정무를 신경 쓸 필요 없이 아크테와 함께 지낼 수 있었기 때문이다. 신심 두터운 아크테는 때로 네로를 로마의 성벽 밖에 있는 지하 묘소, 카타콤으로 데려가 거기서 행해지는 그리스도교도들의 예배를 보여준 모양이다. 한편 네로가 황제의 임무를 처리하는 동안 나는 무얼 했느냐 하면 변장을 하고 로마 시내로 놀러 다녔다. 두 번이나 남편을 바꾼 포파이아 사비나라는 이름의, 아무튼 헤프기로 소문이 파다한 여자와 만난 것도 그 무렵이었다.

포파이아는 정사(情事)에는 아주 도통해 있었으며, 미인에다 오만한 구석이 있는 여자였는데, 내가 황제라는 걸 눈치채고는 자신을 비싸게 팔 작정을 한 모양이다. 나한테만은 베일조차 벗으려 하지 않는 것이었다. 그러면서도 다른 남자들한테는 쉽게 몸을 맡겼다. 나는 처음으로 그녀를 내 것으로 만들고 싶다는 욕정에 밤낮 없이 몸부림쳤다. 포파이아는 나와 만날 때마다 황후로 해준 다음에, 라고 속삭이는 것이었다. 나는 어떻게 하면 이 여자를 품을 수 있을까 그것만 궁리했다.

최대의 장애물은 황태후인 아그리피나였다. 쉽게 조종할 수 있는 네로와는 달리, 요즘은 내 영향력이 강해진 것에 불안을 느끼고, 황제로서의 나의 출장(出場) 또한 많아진 것을 우려하고 있던 어머니가 내가 좋아하는 여자를 황후로 앉히겠다는 것에 찬성할 리 없었다. 게다가 한 번도 어머니라고 느껴본 적이 없는 여자를 제거하는 것쯤 내게는 식은 죽 먹기였다. 황제 네로에게 모반하도록 수도 경비의 군대를 선동했다는 역모죄를 조작했다. 또한 암살자를 아들에게 보낸 적이 있다는 소문도 퍼뜨렸다.

이번 살인에는 칼을 썼다. 황제의 목숨을 노린 황태후에게 체포령이 내려졌고, 황태후가 그에 거역했기에 죽일 수밖에 별 도리가 없었다는 상황을 미리 짜두었던 것이다. 아그리피나는 나의 밀명을 받고 찾아간 두 명의 백인대장에게 저항했으나 몽둥이로 일격을 가하자 체념한 듯했다. 숨통을 끊으려고 백인대장이 칼을 뽑아들자 아그리피나는 아랫배를 내밀며 악을 썼다.

"여기를 찔러라, 자, 여기서 황제가 태어났으니까!"

그리고 많은 상처를 입은 채 숨을 거두었다.

네로가 받은 충격은 엄청났다. 어떤 때는 한밤중에 말 한마디 없이 잠도 안 자며 멍하게 지낼 때도 있고, 가끔 공포에 휩싸이는지 자다가도 벌떡 일어나 착란상태로 있다가 마치 죽음이 찾아오길 기다리는 양 날이 밝기만을 기다리는 형편이었다. 헌신적인 아크테가 곁에 없었더라면 필시 미치광이가 되었을 것이다. 그런 네로를 로마 시민들은 죄를 저지르고 나서 비로소 막중한 죄과를 깨달았고, 그 때문에 무서운 죄값을 치르고 있는 것이라고 숙덕거렸다.

이러한 네로에게 아크테와 좀더 많은 시간을 함께할 수 있도록 해주겠다는 핑계를 대고 옥타비아와의 이혼을 승낙하게 하는 것은 간단했다. 게다가 황후는 네로를 볼 때마다 악을 썼다.

"살인자! 아버지를 죽이고 그것도 모자라 동생을 죽이고, 이제는 어머니까지 죽인 살인자!"

네로는 옥타비아와 이혼한 다음 재혼상대는 아크테가 아니라 포파이아라는 것을 알고 있었다. 하지만 바보가 아닌 이상 해방노예를 황후로 삼는다는 게 불가능하다는 것도 알고 있다. 또황후는 누가 되든 상관없다, 옥타비아와 얼굴을 마주치지 않아도 되는 것만으로 충분하다고 대수롭지 않게 생각한 것이리라. 옥타비아는 이혼을 당하기만 한 게 아니라 판텔레리아 섬으로 추방되었다.

이혼도 추방도 찬성한 네로였지만 죽일 생각은 없었다. 살해명령을 내린 것은 바로 나다. 언제였던가, 가까이 간 나를 옥타비아는 마치 돼지를 내몰듯 대했던 것을 잊을 수 없었으니까 말이다. 그렇다면 그녀도 돼지를 죽이듯 죽여야겠다고 생각한 것이다.

스물두 살의 젊은 옥타비아는 섬에 상륙한 병사들에게 포박당한 뒤 먼저 사지의 혈관이 전부 절개되었다. 하지만 공포 때문에 혈관이 수축되었는지 피만 뚝뚝 떨어질 뿐 죽음에 이르기까지는 시간이 너무 많이 걸렸다. 그래서 한증탕의 증기로 혈관을 벌렸다. 전 황제의 딸이자 현 황제의 전처는 이리하여 출혈과 열기로 질식사했다. 잘린 그녀의 목은 로마에 운반되었고 그것을 본 네로는 기절하고 말았다.

팔의 동맥을 끊고 죽는 것이 로마 귀족이 죽는 방법이었기에, 자살이든 황제의 명에 의한 사형이든 신분이 높은 사람들에게는 이 방법이 허용되었다. 네로가 소년이었을 때부터 그의 가정교사였던 당대 최고의 철학자 세네카도 이 방법으로 처형되었다. 네로는 자신이 지은 시를 공적인 무대에서 읊는 것을 좋아하는 버릇이 있었는데, 이를 측근인 양 행동하는 세네카가 이제 황제가 되었으니 조금씩 삼가라고 쓸데없는 말을 진언했다.

나에게는 네로가 시를 읊는 것이 편했기에 세네카의 존재가 골칫거리였다. 그래서 가엾게도 성실한 내 동생 네로는 아버지를 죽이고 어머니를 죽이고 동생을 죽이고 아내를 죽인데다 스승마저 죽인 살인자라는 오명을 뒤집어써야 했던 것이다.

그러나 황제 네로의 이름을 후세에까지 유명하게 한 것은 역시 뭐니뭐니 해도 네로 황제 치세 10년째에 일어난 로마의 대화재와 그에 이은 그리스도교도의 대학살일 것이다. 물론 그것도 내가 획책한 짓이다.

더 이상 죽일 사람이 없어 따분해진 나는 제국의 수도 로마에 불지를 것을 생각해냈다. 그 무렵의 로마는 폭이 좁은 도로가 여기저기 구불거렸고, 집들도 불규칙하게 늘어서 세계의 수도 치고는 부끄러운 도시였다. 그래서 이걸 다 태워버린 다음 도시 계획에 맞는 신도시를 건설해 로마를 세계의 수도에 어울리는 도시로 변모시켜야겠다고 생각했다.

몰래 불을 붙인 곳은 대경기장과 팔라티움 언덕이 카일리우스 언덕과 만나는 지점이었다. 그곳에는 타기 쉬운 상품을 진열한 가게가 즐비했고, 부근에는 돌담으로 둘러싸인 대저택이나 외벽으로 둘러싸인 신전 등 불길이 번지는 것을 늦추는 장해물이 전혀 없었기 때문이다. 아니나다를까, 때마침 강풍이 불어 불꽃은 순식간에 이 일대를 휩쓸고 저지대를 전부 삼킨 다음에도 사그라지지 않고 팔라티움 궁전까지 잿더미로 만들고 말았다. 불길은 점점 더 거세지기만 했다. 엿새 동안 로마는 계속해서 불타고 있었던 것이다.

14구(區)로 나뉘어 있던 로마에서 가까스로 화재를 모면한 곳은 4구에 불과했으며, 3구는 전소해 완전 허허벌판이 되었고, 나머지 7구는 붕괴되거나 절반쯤 무너진 집들의 잔해만 남았을 뿐이었다. 불에 타 죽은 사람, 도망가다 붕괴된 민가에 깔려 죽은 사람, 부상당한 사람 등 정확한 재해자 수는 뒤에도 파악되지 않았다. 그때까지 로마를 휩쓴 화재 중에서 가장 규모가 큰 화재였다고 일컫는다.

불길이 오르던 날, 네로는 안티움에 머무르고 있었으나 서둘러 로마로 돌아와 화재 대책에 나섰다. 갈 곳이 없어진 이재민에게는 마르스 공원과 아그리파 기념 건조물, 황실전용 정원까지 개방해 그곳에 수많은 간이주택을 짓고 그들을 수용했다. 돈 한푼 없는 사람들에게는 식사와 침구를 무료로 배급했다. 또한 오스티아 근교에서 식량을 운반해와 집을 잃지 않은 사람들에게까지 반값으로 팔았다.

그렇기는 하나 네로는 활활 타오르는 로마를 바라보며 시를 읊었다. 그건 로마에 대한 애가(哀歌)였다. 재해복구에 온 힘을 기울이다 잠깐 짬을 내어 시를 읊었을 뿐인데 로마 민중은 네로가 시를 읊기 위해 불을 질렀다고 믿고 말았던 것이다.

네로는 불이 잡힌 다음 로마 재건에 힘썼다. 집은 정해진 규격에 맞추어 지어야 했고, 도로를 넓히고, 건물의 높이는 60보로 제한했다. 공동주택에는 안뜰과 더불어 주랑(柱廊)을 만들도록 의무화했다. 또한 원조금제도를 만들어 목재보다 석재를 사용해 집을 짓도록 장려했으며, 건물의 소유주에게는 소화용 기구를 갖출 것을 의무화했다.

그래도 민중들의 분노는 삭을 기미가 보이지 않았으므로 그들의 분노를 다른 데로 돌릴 무언가가 필요했다. 그렇지 않으면 민중에 의해 네로가 살해당할지도 모르고, 만약 누군가 다른 사람이 황제가 되기라도 하는 날엔 나 또한 곤란할 것이기에 열심히 희생물을 찾았다.

그리스도교도로 정하기까지는 별로 힘이 들지 않았다. 그들은 음울한 종교를 지성껏 믿고 있었으며, 이전부터 사람들의 증오와 경멸을 사고 있었기 때문이다. 그리스도교도의 대량 학살은 경기장에서 야수에게 잡아먹히게 하거나, 십자가 기둥에 묶어

놓고 그것을 밤중에 불태우기도 했다. 이 같은 방법을 생각한 것도 바로 나다. 네로는 마지못해 죽이는 것을 인정했지만 각종 살해 방법까지 생각해내기에는 사람이 너무 나약했다. 그리스 도교도의 처형을 구경거리로 만든 것은 민중의 분노를 가라앉 힐 뿐 아니라 잊게 하는 데에도 큰 도움이 되었다.

그로부터 4년 후 네로 황제는 죽은 것으로 되어 있다. 하지만 군단의 궐기에 쫓겨 변장을 하고 로마에서 도주했으나, 따르 는 병사도 없이 결국 칼을 목에 꽂고 숨진 것은 네로가 아닌 바로 나다. 이제 하고 싶은 짓은 뭐든 다했기에 황제로서 죽은 것이다. 파란만장한 삼십 년의 인생이었다. 네로는 어떻게 됐 느냐고?

네로는 도주했다. 아크테의 안내로 몰래 신앙을 지킨 그리스 도교도들의 집단에 숨어들어 거기서 시를 짓는 것만이 조금 특 이했지만, 일반 서민들과 조금도 다를 바 없는 한 명의 평범한 인간으로 살아남았던 것이다. 내 무덤에 누가 가져오는지 모르 지만 늘 꽃이 놓여 있다고 사람들은 의아해했으나 그건 네로와 아크테가 바친 꽃이었다.

역사가들은 수에토니우스가 저술한 『12황제열전』 중에서 네 로에 대해 적혀 있는 단락의 마지막 몇 줄에 전혀 주의를 기울 이지 않았으므로 진실이 보이지 않는 것이다. 수에토니우스는 이렇게 적고 있다.

"마침 저자가 소년 시절이었는데, 네로의 사후 20년이 지났을 무렵 멀리 파르티아에서 초라한 행색의 오십 줄로 보이는 남자가 나타나 내가 바로 네로 황제다, 라고 밝힌 사건이 있었다. 네로 황제 사망 직후 그 뒤를 이은 신황제 갈바에게 죽은 황제 네로를 기념하는 행사를 열도록 허가해달라고 할 정도로 열성적인 파르티아인이었기에 이 남자의 출현을 대단히 기뻐하며 마치 황제처럼 정중히 대접했다. 이윽고 그 남자를 인도하라는 로마의 명령에 따라야만 했을 때에는 큰 슬픔과 고통을 견뎌야만 했다."

어째서 네로는 20년이나 지난 다음 새삼스레 황제라고 밝히고 싶었던 것일까. 조용히 여생을 보냈으면 좋았을 텐데 말이다. 무엇 때문에 로마 병사에게 인도되어 죽을 것임을 뻔히 알면서 뒤늦게 어슬렁어슬렁 나타나 장본인임을 밝혔을까. 하지만 이렇게 해서 비로소 네로는 둘 다 죽은 것이다.

지옥의 향연 1

어느 가을날 저녁, 이곳 지옥에서 연회가 성대하게 개최되었다.
특이한 점은 그날 밤의 연회 출석자 전원이 여자들뿐이었다는 것이다.

어느 가을날 저녁, 이곳 지옥에서는 종종 열리는 연회가 성대하게 개최되었다.

특이한 점은 그날 밤의 연회가 평소와는 달리 출석자 전원이 여자들뿐이라는 것이다.

이집트의 여왕 클레오파트라,

비잔틴 제국의 황후 테오도라,

트로이의 헬렌이라면 누구나 잘 알고 있는 스파르타의 왕비 헬레나,

세계사에서 악처의 목록을 만든다면 반드시 동쪽의 제일인자가 될 게 뻔한 소크라테스 부인 크산티페,

프랑스 혁명의 꽃, 아니 꽃처럼 지고 말았다고 하는 게 옳을지도 모르는 마리 앙투아네트,

그리고 지옥에 새로 들어온 장칭(江青) 여사를 포함한 여섯 명이 그날 밤의 손님이었다.

이만큼의 유명인을 초대한 연회이니 주인역은 물론 악마대왕 벨파고르. 그러나 그는 이 자리에 모습을 보이지 않는다. 준비가 다 갖추어진 다음 자취를 감추고 만 것이다. 여자들만 마음껏 즐기라는 배려인지, 아니면 너무 기세등등한 면면들이었기에 동석하기가 겁났는지 모른다. 그런 연유로 그날 밤의 향연·지옥편은 여자들만의 오붓한 연회가 되었다.

그날은 시원한 미풍이 살결을 기분 좋게 애무하는, 연회를 하기에는 최고의 밤이었다.

지옥이 고통의 세계라는 것은 새빨간 거짓말이다. 어디를 보아도 뜨겁게 이글거리는 화염은 없고, 뾰족뾰족하고 날카로운 바늘 산도 볼 수 없다. 현세와 똑같이 사계절의 구별이 있고, 좋아하는 장소에 마음대로 집을 지을 수도 있으며, 뿐만 아니라 의식주에 드는 비용도 전액 지옥 정부가 담당한다.

지옥으로 보내지는 인물 또한 다채로웠다. 여자들 입장에서 보면 사귈 만한 남자도 풍족했다. 재미있지도 우습지도 않은 성실한 집단인 천국의 주민처럼 훌륭하지는 않았지만. 게다가 천국은 사는 사람들만 따분한 게 아니라, 일년 내내 기후가 온난하나 사철의 구분이 없기에 그 점에서도 일주일만 지내면 머리가 멍청해질 것만 같은 생각이 든다.

현세에서는 여전히 지옥의 끔찍함을 계속 선전하고 있는 것 같다. 그건 아마도 지옥이 이렇듯 유쾌하고 살기 좋은 세상이라는 사실이 알려지면 지금까지 무서운 곳으로 알고 그런 곳으로 보내지면 큰일이라며 행실을 바르게 하고자 애쓰던 선남선녀가 그 주술에서 해방된 결과 제멋대로 행동을 해서는 곤란하다고 세상의 잔소리꾼들이 생각해낸 결과일 것이다.

덕분에 지옥의 주민들은 현세의 우리에게 알려지는 일 없이 모든 이들이 현세에서 맛보는 것과 똑같은 생활을 즐길 수 있는 것이다. 게다가 현세에 있을 때에는 만날 수도 없는 사람들과도 만날 수 있으니 오히려 즐거움은 현세에 비할 바가 아니다. 하여튼 지옥에는 천국에 보내지는 따분하기 그지없는 타입의 사람들말고는 다 있다. 파티를 매일 열라치면 초대 손님 선택에 고심할 필요가 없는 것이다.

이 즐거운 지옥생활에 결점이 없는 건 아니다. 너무나 평화로워 현세에 있을 때에는 흔히 일어나던 목숨을 건 승부와 같은 자극이 결여되어 있기 때문이다. 특히 현세에서는 남자들을 적으로 삼아 정쟁(政爭)의 물결에 휩싸여 있었고, 덕분에 충실한 인생을 보낸 듯한 느낌이 드는 클레오파트라나 황후 테오도라 같은 사람은 가끔 따분해서 못 견딜 지경이었다. 그러니 오늘밤과 같은 연회도 용케 이렇게 자주! 라고 생각할 정도로 빈번히 열렸던 것이다.

이집트의 여왕 클레오파트라는 지옥에서도 품위와 위엄을 지키느라 여념이 없었으며, 가장 전망이 좋은 언덕 위에 화려한 궁전을 짓고 많은 시종을 거느리며 살고 있었다. 여왕을 모시는 노예 중에는 천국에 갈 자격이 충분한 자가 많았지만, 천국과 지옥을 나눈 것은 그리스도교이므로 그것이 보급되기 전 현세에서 생을 보낸 자는 모두 지옥행이었다. 그래서 이들 고대 세계의 선남선녀들도 여왕을 따라 지옥까지 온 셈이다. 하지만 상상했던 것보다 훨씬 살기 편해 누구 하나 연옥에서 시련을 겪은 다음에 허락되는 천국행을 희망하는 사람은 없다.

현세에서 클레오파트라의 애인이었던 많은 남자들도 모두 지옥의 주민이 되었는데 역시 그 중에서도 마르쿠스 안토니우스는 아직까지 그녀에게 반해 있었으며, 끊임없이 동거를 신청해도 별 신통한 대답을 못 듣고 있다. 하지만 클레오파트라도 여자이니 사랑받는 기쁨은 뿌리칠 수 없는 듯, 결혼은 하되 같이 살지는 않는다는 조건으로 승낙했다. 안토니우스는 클레오파트라의 집이 있는 언덕 중턱에 로마식 궁전이 아니라 이집트식 저택을 지어 살고 있다. 물론 클레오파트라가 말만 하면 만사를 접고 달려오는 쪽은 언제나 그였다.

이토록 헌신적으로 사랑을 바치고 있었으나 이집트의 여왕은 결혼 전과 다름없이 다른 남자들을 만나고 있었다. 카이사르와는 로마식 궁전이 보고 싶다는 등의 핑계를 대며 그곳에서 종종 하룻밤을 지새고 오거나, 아킬레우스에게는 하프를 들려달라는 말로 호메로스의 영웅을 그녀의 궁전에 불러들이기도 했다. 그녀를 사랑하는 안토니우스는 그럴 때마다 안절부절못하지만 오만한 애인은 왕년의 로마 무장이 우는 소리 따위는 귓등으로 흘려보낸다.

그날 밤 클레오파트라는 얇고 작은 황금 조각을 연결해서 만든 의상에 붉은 색의 얇은 비단 베일을 두르고 나타나 아주 당연하다는 듯 정면 자리에 앉았다. 물론 좌우에 거느린 두 명의 시녀가 여왕이 가을 벌레에게라도 물릴까봐 공작 날개 부채로 바람을 보낸다.

어디든 상관없다는 듯, 그 옆자리에 앉은 것이 스파르타의 왕비 헬레나. 이쪽은 주름이 마치 물결이 넘실대듯 아름다운 흰색 그리스 의상을 입었는데, 그 심플함이 오히려 그리스 여신을 연상시키는 살집이 좋고 늘씬한 그녀의 아름다운 육체를 돋보이게 했다. 조금 살이 찌고 통통한 느낌을 주는 클레오파트라와는 대조적이다.

클레오파트라가 날씬한 몸매의 소유자였다는 것은 전설일 뿐, 실제로는 중키에 풍만한 체구였다. 그녀가 세계 역사상 손꼽히는 미녀라고 불리는 것은 육체의 아름다움보다 마치 남자에게 도전이라도 하듯 빛나는 뇌쇄적인 눈빛과 결정적인 장면에서는 자신에게 상황을 유리하도록 멋지게 연출하는 두뇌의 명석함에서 나온 부산물에 불과하다.

반대로 헬레나는 그야말로 흠잡을 데 없는 미녀이다. 너무나 미인인지라 자신을 아름답게 보일 생각도 하지 않는다. 남자와 사귀는 것도 목적이 있어서가 아니라 그때의 기분에 따라 수시로 바뀌기도 한다. 파리스한테 반하기는 했지만 금방 마음이 바뀌어 그 형인 헥토르에게 마음이 기운 적도 있었고, 트로이 함락 후에는 아무 일도 없었다는 듯 시치미를 딱 떼고 스파르타에 돌아간 여자이다.

지옥에 온 뒤로는 조금 예쁜 여자라면 순식간에 제것으로 만들고 마는 카이사르가 다가와 한때는 그의 애인이 되었지만, 여자와 성숙한 이별을 하는 데에는 이골이 난 카이사르와 우아하게 헤어지고 나서는 뜨거운 정열을 품고 다가오는 나폴레옹과 가깝게 지내고 있다.

요컨대 트로이의 헬레나는 마음씨 좋은 여자인 것이다. 사랑한다는 말을 들으면 거절하기가 미안해서 그만 깊은 사이가 되고 만다. 단 절세의 미녀인데다 상대를 고를 때 계산이 없으니 지옥에서는 남자들한테 가장 인기 있는 여자라는 평판이 나 있다.

같은 그리스 여왕이라도 비잔틴 제국 황제인 유스티니아누스의 비, 테오도라는 사정이 꽤 다르다.

알렉산드리아의 한낱 무희에서 출발해 마침내 비잔틴 대제국의 황후의 자리에 오른 여자인 만큼 허튼 짓은 하지 않는다. 현세의 남편이었던 유스티니아누스가 죽어 지옥에 왔을 때부터 쭉 같은 저택에 살며, 아내로서 정성을 다하는 나날 속에서 불륜 따위 추문은 사람들 입 끝에도 오르지 않을 정도로 절개를 지키며 정숙하게 지내고 있다. 현세와 내세 양쪽 다 같은 남자와 살고 있는 여자는 필시 그녀 정도밖에 없을 것이다.

그날 밤의 테오도라는 여성 전용 파티라는 초대장을 받았기 때문에 혼자 왔지만 그녀가 입고 온 의상은 완벽한 비잔틴 황후의 정장으로 한치의 흐트러짐도 없었다. 그녀의 늘씬한 몸매를 아는 사람이라면 아까워할 정도로 몸의 선을 직선적으로 감춘 옷을 입고 있었으며, 만일 헬레나가 쓰기라도 한다면 바로 기우뚱 넘어지고 말 정도로 보석을 박아넣어 그 화려함이란 이루 말할 수 없는 크고 무거운 보석 관을 쓰고 있었기에 엄숙하고 무게 있는 행동거지밖에 보일 수 없는 것이다. 단지 보는 이의 마음을 사로잡고 마는 커다랗고 검은 눈동자의 윤기는 무희 시절부터 그녀의 최대 무기였던 것을 지금도 누구나 납득할 만한 힘을 지니고 있다.

또한 그리스 여자라도 크산티페쯤 되면 상당히 가정적이고 살뜰한 아내 타입이 된다. 소크라테스와는 잘 어울리는 한 쌍이 아니었나 할 정도로 추녀지만 잔소리가 많은 여자인 만큼 사람도 좋고, 쓸데없는 참견을 할 정도로 남 돌보기를 좋아해 지옥에서는 그녀에게 부탁하면 해결 안 되는 일이 거의 없다.

친동기간처럼 보살펴주니까 고마운 건 틀림없으나, 지옥 주부연합의 회장이라서 근처의 패기 없는 남자들은 대개가 겁을 집어먹고 있으며, 그녀가 동호회 여사들을 이끌고 마왕 벨파고르에게 주걱 플래카드를 들고 항의하러 간다는 소식이 들리기만 해도 지옥 정부의 관리인 작은 악마들은 재빨리 도망치고 마는 것이었다. 무엇보다 남편 소크라테스는 하루종일 밖에 나가 있으니 전업주부인 그녀에겐 시간이 남아돌 지경이었다.

전업주부인 만큼 주부연합회나 아이들의 학교 모임, 그렇지 않으면 문화센터와 같은 모임에만 익숙하다. 그래서 호화로운 마왕의 궁전 대연회장에도, 그리고 그곳에서 물 만난 물고기인 양 자유롭게 행동하는 다른 여자들에게도 처음엔 기를 못 펴고 수수하게 차려입은 옷자락을 만지작거리며 얌전하게 있었지만 과연 악처 넘버원으로 추대된 여자인 만큼 기량은 있다. 시간이 조금 지나자 분위기에 익숙해진 듯 그녀는 머리 위로 드높이 땋아올린 헤어스타일에 프랑스 인형처럼 로맨틱한 의상을 입은 마리 앙투아네트 옆에 가서 수다를 떨기 시작했다.

프랑스의 왕비는 미의 타입은 달라도 오늘밤 자리에서는 헬레나에 필적하는 미인이었다.

하얀 대리석 조각과 같은 헬레나에 비해 마리 앙투아네트는 색채의 홍수이다. 무엇보다도 먼저 프랑스 왕비는 예쁘게 화장을 하고 있었다. 그리고 복잡하게 틀어올린 머리는 깃털과 꽃으로 장식을 하여 그것만 보고 있어도 즐거울 정도이다. 넉살 좋은 크산티페는 프랑스 왕비에게 머리 장식 하나하나에 대해 시시콜콜 천진난만한 질문을 퍼붓고 있었다.

마리 앙투아네트도 크산티페의 질문을 성가시게 여기지 않았다. 프랑스 혁명 당시, 빵을 달라고 외치며 왕궁으로 몰려온 민중에게 "빵이 없으면 과자를 먹으면 될 텐데"라고 말한 여자다. 천진난만하다는 점으로는 사람이 좋은 크산티페와 같은 레벨의 중증인지 모른다.

또한 루이 16세의 왕비도 프랑스 왕국의 재산을 호화로운 연회와 의상과 보석 등으로 탕진해 혁명의 불을 지폈다는 이유로 악처 목록에서는 서쪽의 제일인자가 될 정도로 자격은 있다. 그러므로 이 방면에서도 크산티페와는 의외로 마음이 맞았던 것이리라. 악처라고 불리는 여자는 거의 예외 없이 계산된 인생을 보내는 것 따위와는 인연이 먼 사람 좋은 여자들이니까.

두 여자가 친근하게 이야기를 나누고 있는 한편, 반대쪽 구석에 홀로 서서 시녀들이 권하는 술과 요리에 손도 대지 않고 있는 것이 장칭 여사였다.

사인방(四人幇) 중 유일한 여성인 이 용감한 여자는 지옥에 와서도 인민복을 입고 있다. 새로 들어온 사람 돌보기를 무엇보다 좋아하는 크산티페가 주부연합회 회장의 자격으로 재빨리 찾아가 지옥에서는 현세의 관습을 반드시 지켜나가야 할 규칙 같은 것은 없으니까 차이나복을 입어도 된다고 설명했으나, 장칭은 차이나복은 싫다고 대답했다 한다. 그래서 지옥에는 순식간에 장칭 여사는 지옥에 와서도 문화대혁명을 일으킬 생각 아니냐는 소문이 자자했지만 그렇지는 않은 듯했다.

원래 지옥의 주민은 유명인, 무명인을 불문하고 현세에서 비판정신이 강해서 지옥에 보내지게 된 사람들이니 장칭이 선동한다고 해서 쉽게 움직이지는 않는다. 천국으로 옮겨가 선동하는 것이 더 효과적일 거라고 말하는 사람이 많았을 정도다. 하지만 천국의 문지기인 성 베드로는 그 또한 사람 좋은 것말고는 내세울 것이 없는 남자이니 장칭의 입장에서 보면 천국에 들어가는 것이 별로 힘들지 않다고는 할 수 있지만, 만일 그곳에서 선남선녀를 선동해 문화대혁명이라도 일으키는 날에는 필시 하느님 또한 곤혹스러울 것이다.

이런 복잡한 사정도 있으므로, 지옥에 들어온 순간 중국풍으로 바뀌어 차이나복을 입었을 뿐만 아니라 듬성듬성 난 콧수염까지 기르고 청경우독의 생활을 즐기고 있는 전 남편인 마오쩌둥(毛澤東)에게 다시 영향이라도 받지 않는 한 장칭 여사는 인민복을 벗지 않을 거라는 것이 대다수 사람들의 일치된 의견이었다.

단 지금은 완전히 중국의 옛 어르신처럼 행동하는 현재의 마오쩌둥을 장칭은 경멸하고 있어 함께 살려고도 하지 않는다. 그러므로 마오쩌둥의 영향력에 의문을 갖는 사람이 적지 않았고, 그런 사람들은 장칭 여사도 지옥에서는 인민복 같은 걸 입고 있으면 아무도 상대해 주지 않는다는 현실을 스스로 깨달을 때까지는 별수없을 것이라고 말하는 것이다.

참고로 말해두면 장칭 여사가 지옥에 들어온 것은 독살되었기 때문이다.

사인방 재판 당시, 용감하게 아니 시끄럽다고 하는 편이 적당할지 모를 만큼 반론을 지껄여대 재판장 이하 모든 이들을 쩔쩔매게 한 그녀였지만, 집행유예 2년에 사형선고를 언도 받고 감옥에 갇혀도 전혀 수그러들 낌새가 보이지 않았다. 간수 정도는 단숨에 설득해 바로 제 편으로 삼아 아무리 간수를 바꾸어도 소용이 없었다.

이에 손을 들고 만 집권측이 정치상의 관계를 이용해 CIA에 어떻게든 표면화되지 않는 형태로 처리해달라고 부탁한 것이다. 그런데 사람 좋기로 치자면 남들 못잖은 미국인은 턱없는 소리라며 상대해주지도 않았다.

별수없이 중국의 집권파는 대만에 부탁했다. 아무리 정치체제가 달라도 이런 경우 양심만 내세우기를 좋아하는 미국인과는 달리 같은 중국인인 그들에게는 공통된 피가 흐르고 있다. 사인방이 복귀해서는 곤란하다는 점에서 북경과 대만의 이해관계가 일치했다.

대만측은 독살 계략을 세워 아주 보기 좋게 성공시켰으며, 심부전증이란 병과 비슷한 증상으로 장칭이 죽은 것은 올 봄(1983년, 실제로는 1983년에 무기징역으로 감형된 후 1991년에 사망했다─옮긴이)의 이야기다. 사인에 의문을 품은 사람도 있지만 확실한 증거가 없었다. 북경 정부는 그녀를 위해 정중하게 장례식을 치러주고, 중국공산당 정부와는 사이가 나쁜 인근 제국의 반집권파 문화인에게까지 장례식 초대장을 보냈다.

이런 우여곡절 끝에 지옥에 온 장칭은 늘 짜증을 내며 사람들을 대했다. 오늘밤에도 자연사(自然死)가 아닌 클레오파트라와 마리 앙투아네트 두 사람이 그런 장칭을 위로하며 조금은 새로운 생활에 익숙해지는 게 어떻겠느냐고 구슬려 보려고 연회장 한구석에 우두커니 서있는 장칭에게 다가갔다. 파티에서는 누구에게나 말을 잘 거는 사교가 프랑스 왕비는 그렇다치고, 여자 따위에는 관심이 거의 없는 이집트의 여왕으로서는 보기 드문 호의였다.

"이봐요 장칭 씨, 이 술 조금 드시면 어때요?"

먼저 말을 건 쪽은 마리 앙투아네트이다. 하지만 장칭 여사는 푸른 잿빛 인민복 차림으로 팔짱을 끼고 서서 프랑스의 왕비를 힐끗 쏘아보기만 할 뿐 대답도 하지 않는다. 그래도 루이 왕조의 유일한 여왕다운 왕비였던 마리는 기분이 상했다는 기색도 없이 한 번 더 말을 붙였다.

"조금만 마음을 편하게 먹어보면 어떨까요? 여기서는 당신이 무슨 짓을 하셔도 미제 앞잡이라든가, 자본주의 진영의 스파이라는 비난은 아무도 하지 않아요."

클레오파트라도 설득을 하려는 듯 말을 거들고 나선다.

"이제 어지간하면 여기에 보내진 것에 대해 후회하는 걸 그만두는 게 어떻겠어요? 누구나 한 번은 죽잖아요. 따분한 남자들밖에 없는 천국보다 여기가 훨씬 즐겁다고요. 여기는 당신이 좋아했던 사람도 많잖아요. 마르크스도 엥겔스도 레닌도 스탈린도 있어요. 트로츠키도 옛일은 다 접어버리고 스탈린과 꽤 사이좋게 지내고 있지요. 이게 바로 이 지옥의 즐거운 점이에요. 그걸 만끽하지 않고 뭘 제2의 인생이라고 하겠어요."

장칭은 이집트의 여왕에게는 약간 관심을 가진 듯했다. 홍위병(紅衛兵)을 호령하던 그녀는 중국공산당의 여왕이었으니까 원래 그런 입장의 사람과 취향이 맞았을 것이다.

상대방이 관심을 보이기 시작한 것을 눈치챈 클레오파트라는 조금 전보다 더 열심히 이야기하기 시작했다.

"그런데 당신, 어째서 그때 체제파 영감들을 유혹 못했어요? 너무 안타까워요. 그때 승부에 진 건 말이에요."

이때 장칭의 창백한 얼굴에 순간 붉은 빛이 감돌았다.

"무슨 소리하는 거예요. 당신도 옥타비아누스를 감쪽같이 속이는 데 실패해서 자살할 수밖에 없었던 거 아닌가요?"

이집트의 여왕은 얌전히 웃었다.

"그래요, 그 젊은이를 결국 제 뜻대로 조종할 수는 없었던 거지요. 천하의 저 클레오파트라가 말이에요. 카이사르나 안토니우스와 같은 로마 제국 최고의 남자들을 애인으로 삼고, 그걸로 지중해 세계의 여왕이 될 뻔했던 저도 고작 서른밖에 안 되는 그 청년한테 그만 지고 말았어요."

이야기가 활기를 띠는 듯하자 다른 여자들이 가까이 모여들었다. 남에게 충고할 기회를 놓칠 정도라면 차라리 악마에게 영혼을 파는 게 낫다고 생각하는 크산티페가 먼저 이야기에 끼여들었다.

"왜 그래요, 무슨 이야기예요? 장칭 씨, 당신 정말 큰일을 했다면서요. 우리 남편은 매일 밖에 나가서는 아테네 남자들의 눈을 뜨게 하려고 애썼지만 결과는 참담할 정도예요. 당신이 몇천 명이나 되는 홍위병인가 하는 사람들을 선동했다니, 그런 설득하나 변변히 못하는 남편을 가진 팔자로서는 꼭 그 비결을 알았으면 좋겠어요."

거기서 트로이의 헬레나가 참견했다.

"저도 남자들의 전쟁의 원인이 된 걸로는 똑같아요."

그때 황후 테오도라가 입가에 냉소를 띠며 혼잣말처럼 끼여들었다.

"그건 말이에요, 당신이 계획했기 때문에 일어난 건 아니에요."

"그래요, 스파르타의 왕비님은 미인이지만 정치적 재능은 없는 분이에요. 제 경우에는 유구한 역사를 가진 이집트라는 나라의 장래가 걸려 있었을 뿐 아니라, 로마 제국의 장래를 정하는 전쟁에서도 저의 존재가 커다란 카드였지요."

프랑스의 왕비가 말했다.

"그렇겠지요. 하지만 용케도 정치니 경제니 하는 그런 골치 아픈 일에 흥미를 가지고 계시군요. 전 도저히 못 따라가겠어요. 파티나 보석, 의상 이야기라면 저한테 맡겨달라고 할 정도로 자신이 있지만요."

말하고 싶어 좀이 쑤시는 장칭이 이번에는 참견할 차례였다.

"그러니까 혁명이 일어난 거예요. 당신 같은 지배계급의 타락을 보고도 프랑스 인민이 봉기하지 않았다면 그게 더 이상한 거 아닌가요?"

마리 앙투아네트도 여배우 출신이 말하는 대로 내버려두기에는 그녀에게 흐르는 귀족의 피가 가만 있지 않는다.

"어머, 말씀 참 잘 하시네요. 지배계급의 타락은 그쪽도 마찬가지 아니었던가요?"

이쯤되면 장칭도 공산주의자의 체면상 잠자코 있을 수 없었다.

"그러니까 우리 공산주의자는 저렇게 타락한 소련의 동지가 아니에요. 우리로 대표되는 순수한 공산주의자는 영구혁명을 말하는 겁니다. 혁명은 몇 번이고 영구히 거듭되어야 합니다. 부패의 징후가 보이자마자 하부에서부터 들고일어나 그것을 잘 알고 지도할 수 있는 혁명가의 힘으로 지배계급은 항상 쇄신되고, 혁명사상은 영원히 신선도를 유지해야만 합니다."

여자들은 모두 어안이 벙벙해 날카롭게 기염을 토하는 유일한 동양 여자를 보고 있었다.

"아유, 피곤한 이야기. 당신은 혁명을 반복하기만 하면 인간의 성격을 바꿀 수 있다고 생각하시는 거예요?"

이렇게 말한 것은 프랑스의 왕비다. 단두대에서 목이 달아났으니 반혁명적인 것도 무리는 아니다.

그러나 장칭이 또다시 반론을 제기할 것 같은 낌새를 눈치챈 클레오파트라가 이쯤에서 매듭을 지으려는지 이렇게 말했다.

"장칭 씨, 군주제든 귀족제든 공산주의든 누군가가 지배계급이 되는 건 조금도 다를 게 없어요. 지배계급을 없애는 데 성공한 국가체제는 2천 년 이래 한 번도 없잖아요. 군주제라면 군주이고, 귀족제라면 귀족들이고, 공산주의 체제에서는 노동자인 셈이죠. 민주주의 체제 역시 선거에서 뽑혔다고는 해도 선택된 사람들로 지배계급을 구성하는 점에서는 마찬가지예요. 결국 당신이 실패한 유일한 원인은 마오쩌둥보다 오래 사셨다는 거지요. 그 점에서 테오도라 씨는 천만다행이에요. 유스티니아누스 황제보다 먼저 숨졌으니까."

비잔틴 제국의 황후도 갑자기 미소를 띠었다.

"정말이에요. 황제보다 오래 살았으면 큰일났겠죠. 보나마나 황제가 죽자마자 바로 목이 잘렸든가 독살당했을 거예요."

마리 앙투아네트도 지당하다는 표정으로 말했다.

"그래도 장칭 씨, 당신은 훌륭했어요. 재판 때 당당하게 반론하신 걸요. 과연 중국 공산주의 국가의 왕비다운 행동이라고 텔레비전을 보던 저희 지옥의 주민들 모두 감탄했어요."

이때 비로소 장칭의 표정이 풀렸다.

"아니에요, 당신도 훌륭했어요. 단두대 위에서 당신의 처신은 당신의 처형을 구경하러 모인 프랑스의 멍청한 여자들을 되받아친 최고의 연기였어요. 그러고 보니 우리에게 주의나 입장 차이 따위는 없군요. 여자로서 아니 인간으로서 멋들어지게 사는 것 외에 우리의 평가를 결정하는 건 없는 것 같군요."

일동 고개를 끄덕인다.

그 다음 날 장칭은 인민복을 버렸다.

지옥의 향연 2

"그런 여자는 귀족적인 정신을 유지하기 위해선 치고 올라오는 남자를
이용하는 것쯤 아무것도 아니에요. 승리해서 천하를 얻으면 다행이고
실패하면 그걸로 끝이라는 생각을 갖고 있었던 거지요."

그로부터 한 달쯤 지난 어느 날 밤, 클레오파트라의 저택에서 지난 밤의 파티에 출석한 여자들이 또다시 모였다. 한 번 더 마왕 벨파고르의 궁전에서 연회를 열기로 했는데 지난번 장칭을 대신해 게스트를 누구로 할까 정하기 위해 모인 것이다.

그날의 출석자는 클레오파트라에다 트로이의 헬레나, 크산티페에 테오도라 황후. 마리 앙투아네트는 화장하는 데 뜸들이다가 모임시간보다 조금 늦었지만 지금 막 자리에 앉으려는 참이었다. 단, 오늘밤 모임은 파티 준비회의와 같은 것이므로 여자들은 모두 간편한 옷차림이다.

각각의 자리에 편히 앉은 그들은 지난밤에 대한 감사의 표시라며 장칭이 보내온, 중국음식의 진수라고도 할 점심(중국요리에서 식사 대신 먹는 식품으로 차에 곁들이는 과자-옮긴이)을 먹으며, '알바 공작'이라는 스페인산의 브랜디 잔을 기울이고 있었다. 중국 과자는 맛이 강해서 코냑으로는 술맛을 느낄 수 없는 것이다.

물론 "술은 못해요. 오렌지 주스나 콜라 주세요"라고 꼴사나운 말을 하는 여자는 하나도 없었다. 또 살찌니까 과자는 안 먹겠다고 말하는 여자도 없었다. 정치든 남자든 지옥주부연합이든 생각하고 해야 할 일이 너무 많아 섭취한 칼로리쯤은 금방 소모되고 말기 때문이다.

그런 이유로 당당하게 점심을 먹으며 알바 공작과의 입맞춤도 게을리하지 않으면서 수다를 떨기 시작했다. 먼저 집 주인인 클레오파트라가 입을 연다.

"여러분, 다음번 마왕궁에서 열 파티 말인데요, 지난번에 장칭 씨를 초대한 여세를 몰아 이번에도 동양의 여자분을 모시면 어떨까 하는데."

"좋아요, 대찬성. 전 좀 특이한 사람과 만나는 게 좋아요."

마리 앙투아네트가 말했다. 그런데 말 한마디 안 하고는 못 배기는 크산티페가 입에 넣으려던 과자를 접시에 도로 내려놓으며 발언했다.

"중국말고 동양다운 동양이라면 일본이겠지요. 그 일본에 여기 있는 우리가 초대할 만한 여자가 있을까요?"

테오도라도 동의한다는 듯 고개를 끄덕인다. 하지만 클레오파트라는 과연 국제정치의 달인이었던 전력대로 수습하는 능력에도 부족함이 없다.

"그래요. 저도 그런 의문은 가지고 있어요. 그래서 오늘밤 여러분과 검토해보려고 이렇게 모신 거예요."

사람 좋은 크산티페는 금방 태도가 누그러졌다.

"그러네요, 그럼 한 명 한 명 검토해보고 게스트로 초대할 가치가 있는 여자에게 초대장을 보내기로 하지요. 그런데 클레오파트라 씨, 악녀도 착한 여인도 좋지만 일본에는 뭔가 일을 저지른 여자라면 어떤 사람이 있나요?"

클레오파트라는 여비서가 내미는 자료를 훑어보면서 이야기를 시작했다.

"우선 옛날로 거슬러 올라가면 아마테라스 오미카미(天照大神)라는 태양신이 있네요."

"어유, 신이에요. 그래서 그 여신이 무슨 짓을 했는데요?"

"특별히 대단한 일을 저지른 여자는 아닌 듯해요. 지나치게 난폭한 남동생이 있어, 그가 하도 나쁜 짓을 많이 하자 그녀는 화가 나서 동굴 속으로 숨어버렸어요. 그 때문에 일본 땅이 캄캄한 암흑세상이 되어버렸대요. 그에 몹시 난감해진 사람들이 여신이 다시 밖으로 나오도록 하려고 동굴 앞에서 무희들을 춤추게 하고는 모두들 시끌벅적 소란을 떨었답니다. 호기심을 참지 못한 아마테라스가 동굴 문을 살짝 열고 내다보자 이때다 하고 모두들 문을 활짝 열어버렸다는 거예요. 그 다음은 해피앤드로 끝났던가 봐요."

웃음소리를 낸 것은 프랑스 왕비였다.

"일본 최고의 신이라면서 쉽게 노했다 풀렸다 했군요."

거기에 한마디 끼여든 것은 스파르타의 왕비 헬레나이다.

"어머, 신이라 해도 어디든 다 그 수준이에요. 올림포스의 신들도 그랬던 걸요."

이어 클레오파트라가 결론을 내리듯 말했다.

"신을 초대해도 상관없지만, 역시 재미있는 사람이 아니면. 아마테라스 오미카미는 그 점에서 좀 처지는 감이 드니 그만두도록 하죠."

그때까지 발언을 삼가고 있던 테오도라가 입을 열었다.

"신이 안 되면 어떤 여자가 또 있을까요?"

"그게 테오도라 씨, 당신과 비슷한 입장의 황후가 한 명 있어요. 다만 남편 사후에 그녀는 왕이 되었기 때문에 지토(持統) 왕이라고 불리지만요."

"어머나, 일본에도 여왕이 있었어요?"

이렇게 감탄사를 내지른 것은 평소 늘 여자의 지위향상에 전 인생을 바치고 있다고 자부하는 크산티페였다.

"그럼요, 그것도 그녀가 최초의 여왕이 아니라, 스이코(推古), 고교쿠(皇極), 사이메이(齊明)라는 여왕 다음이니까 네 번째인 셈이죠. 그녀 다음에 세 명쯤 더 여왕이 즉위했지만, 9세기 이후는 거의가 남자들뿐이에요. 지토 왕은 그중에서도 가장 악명 높은 여왕이라는군요. 그녀에 대해 조금 소개하자면, 7세기에 활약한 인물인 덴지(天智) 왕의 둘째 공주로 태어나, 아버지의 동생이니까 숙부이기도 한 덴무(天武) 왕의 왕후가 된 사람이에요. 남편의 재위 중엔 별 문제가 없었던 것 같은데, 덴무 왕의 사후에 후계자 문제가 일어난 거예요. 왜냐하면 덴무 왕에게는 오쓰(大津)라는 왕자가 있었지만, 이 왕자는 지토가 보면 전처의 아이. 더구나 그녀에겐 구사카베(草壁)라는 친아들이 있었으니까 문제가 일어나지 않는다면 그게 더 이상할 정도죠."

동서양의 차이는 있어도 왕후 이야기가 되니, 평소에는 사람들과 조금 거리를 두면서 지내는 버릇이 있는 테오도라도 갑자기 관심을 가진 듯하다.

"그래서 죽였군요, 오쓰 왕자를. 반역을 일으켰다는 이유를 대고."

"그래요. 하지만 그걸 남편의 사망 직후에 결행한 것은 칭찬해도 되겠어요"라고, 클레오파트라.

"때를 기다려야 할 일과 기다리지 말아야 할 일의 차이는 명백하니까요."

"그런데 문제는 이걸로 끝이 아니라는 거예요. 구사카베 왕자가 3년 뒤에 죽어버렸어요."

마리 앙투아네트가 이번에는 참견을 했다.

"그래서 그녀, 재혼했어요?"

"아니오, 제 아무리 왕후라고 해도 사십 줄도 중반의 나이. 게다가 일본 여자는 담백한 성격인지 자기 자신의 재혼은 접어두고 아들이 안 되면 다음엔 손자라고 생각했던 거죠. 죽은 구사카베의 아들 가루(輕) 왕자가 장성하기를 기다린다는 이유를 대며 왕으로서 정식으로 즉위했어요. 죽은 것도 침상에서 자연사했대요."

이번엔 테오도라가 결론을 내릴 차례였다.

"제가 보기엔 당연한 일을 했을 뿐인 여자로 보이는군요. 그 시대의 일본은 골육상쟁의 시대였잖아요. 게다가 왕후라 해도 그 입장은 불안정했고요. 특히 미망인이 된 다음엔 언제 죽을지도 알 수 없었을걸요. 오쓰 왕자가 즉위했더라면 죽어야 하는 쪽은 그녀예요. 이복형인 구사카베는 제일 먼저 죽였을걸요. 지토 왕의 행위는 자위 수단이에요. 더구나 달리 방책도 없는 상태에서의 자위책이지요."

"그러네요. 듣고 보니 이 정도로는 악녀도 좋은 여자도 아닌 것 같군요. 자기의 야심이나 욕망 때문에 움직인 건 아니니까. 그녀가 친정을 펴기 시작해서 죽을 때까지 정치적 업적을 검토해볼 필요가 있을 것 같군요. 하지만 그러기에는 너무 시간이 걸리니까 오늘은 일단 접어두고, 다음으로 옮기지요."

"다음은 호조 마사코(北條政子)예요. 그녀는 12세기부터 13세기에 걸쳐 산 인물. 미나모토 요리토모(源賴朝)의 아내로, 요리이에(賴家), 사네토모(實朝)의 어머니였지만, 이 아들 둘 다 그녀에게는 육친이 되는 사람들에게 살해당하고, 그후에는 친정인 호조(北條)가 실권을 잡고 말지요. 그녀는 여장군이라 불리며 세력을 흔들었다고 하지만, 저는 여기에 의문을 느껴요. 여하튼 남동생인 호조 요시토키(北條義時)도, 그 요시토키의 아들 야스토키(泰時)도 미나모토(源) 가문의 직계 남자들에 비하면 단연 뛰어났으니까요."

여기서 참견을 한 것은 마리 앙투아네트였다.

"있잖아요, 클레오파트라 씨. 제가 생각하기에는 그 호조 마사코라는 사람, 결국 농민 출신인 지방호족의 딸에 지나지 않았던 것 같아요. 요리토모한테 달려들어 기정 사실을 만들어 결혼하고 만다는 게 어째 농민의 진면목을 보여주는 것 같지 않아요? 하지만 결국 그뿐으로 끝난 사람. 그후에 무의식적이긴 해도 자신의 희망과는 반대되는 일을 실현하는 데만 힘을 빌려주고 말았다는 인상을 주니 머리가 좋은 여자라는 생각이 들지 않는군요. 마사코(政子)라는 이름이 울겠어요. 틀림없이 옷차림도 세련되지 못하고 품위도 없는 여자였을 거예요.”

“그럴지도 모르겠네요. 여장군이라고 하면 뭔가 한가닥한 여자 같지만 대단한 인물은 남편 요리토모와 호조 가문의 남자들이었겠죠. 가마쿠라 바쿠후(鎌倉幕府: 1192년에 미나모토 요리토모가 가마쿠라에 창시한 일본 최초의 무인정권—옮긴이)는 결국 남자들의 작품이었으니까요.”

“그 여자 호조 마사코라는 이름의 득을 본 거예요. 이름에서는 대단히 품격이 느껴져요. 그녀에게 진정한 품격이 있었는지 어땠는지는 의문이지만.”

이렇게 단정지은 것은 평소 늘 크산티페라는 이름이 마음에 안 들어 그 이름을 바꿀까 궁리하고 있던 소크라테스의 아내였다.

클레오파트라가 다시 자료를 들추면서 이야기하기 시작한다.

“다음이면 역시 15세기의 인물인 히노 도미코(日野富子)일까요. 무로마치 바쿠후(室町幕府: 아시카가 다카우지가 1338년에 교토의 무로마치에 연 바쿠후—옮긴이)의 8대 쇼군, 아시카가 요시마사(足利義政)의 아내로 출신은 여기에 적혀 있지 않지만 귀족의 딸인 것 같군요. 적어도 농민 출신 지방호족의 딸은 아니었어요.

히가시야마의 아름다운 긴카쿠(銀閣)라는 저택에 살 정도의 취미를 지닌 사람을 남편으로 섬기고 있었으니 그녀도 예술적 취향이 뛰어난 여자였겠지요. 게다가 돈에 대한 취향도 숨김이 없는 여자였는지 위선적인 경향이 강한 신분이 낮은 여자들에 비하면 훨씬 나아요. 뇌물도 받고, 비싼 이자로 돈을 꿔주기도 하면서 당당하게 돈을 모은 모양이에요.

그런데 남편 요시마사는 서둘러 동생 요시미(義視)를 양자로 삼았어요. 이렇게 이미 후계자가 정해진 단계에서 히노 도미코가 아들을 낳은 거죠. 나중에 제9대 쇼군이 되는 요시히사(義尚)예요.

이렇게 되자, 히노 도미코로서는 자기 아들을 쇼군으로 만들고 싶어지는 것도 인지상정이겠지요. 그래서 차기 쇼군을 요시미로 할지 요시히사로 할지 정하는 그 유명한 오닌(應仁)의 난이 일어난 거예요. 물론 그 난의 원인에 대해 달리 여러 가지 설이 있기는 하지만요.

여기서 재미있는 것은 1467년부터 수년간 계속되어 교토(京都)가 완전히 황폐해지고 만 오닌 난의 발단이 후계자 문제라지만, 그 동안 쇼군 요시마사가 살아 있었다는 것이지요. 그러니까 히노 도미코는 남편이 죽어서 자위 수단으로 아들을 세우려고 한 것이 아니라 정말로 무슨 수를 써서라도 아들을 쇼군으로 만들고 싶었던 거라고 생각해야겠지요.

즉 지토 왕의 경우와 달리 이쪽은 모정(母情) 단 하나라고 볼수 있어요. 남편인 요시마사가 쇼군직에서 은퇴하고 아들 요시히사가 제9대 쇼군이 된 것은 오닌의 난이 끝난 바로 그 해였고, 그 요시히사가 죽은 뒤, 요시미의 아들 요시타네(義植)가 제10대 쇼군이 된 것도 아직 살아 있던 요시마사와 요시미가 화해한 결과니까요."

"만약에 우리였다면 아들 때문에 그렇게 전란 따위는 일으키지 않았을 거예요."

그렇게 말한 것은 트로이의 헬레나라는 이름으로 유명한 스파르타의 왕비가 아니고 누구겠는가. 클레오파트라도 테오도라도 마리 앙투아네트도 크산티페도 그 말에 동의한다는 뜻으로 고개를 끄덕였다.

클레오파트라가 웃음을 터뜨리며 말했다.

"현대의 일본 여자 중에서 가장 유명한 것은 교육열이 높아 치맛바람을 일으키는 타입이겠지만, 옛날부터 일본 여자들은 모성적 성향이 강했던가 봐요.

히노 도미코도 물욕이 강하고 뇌물을 받고, 고리 대금업에 수완을 발휘해서 돈을 모으는 것을 좋아한 점은 재미있지만, 모정에 빠져 전란을 일으킨 점은 좀 환멸을 느끼게 하네요. 어쨌든 오닌의 난이 일어난 해에 그녀는 스물일곱 살에 불과했거든요. 꽃 같은 이십대부터 일본 여자들은 오로지 어머니로서의 길만 추구하는 모양이에요."

"그후 그녀는 살해당하지 않았어요?"

"무슨 소리를 하는 거예요, 어디 죽을 것 같아요? 먼저 아들 요시히사가 죽고, 다음에 남편 요시마사가 죽고 그리고 정적이었던 시동생 요시미가 죽은 다음에도 5년은 더 살았어요. 그 아들인 요시타네가 죽은 다음에도 7년은 더 살았으니까, 죽이지 않으면 자신이 당하고 만다는 절박한 상황에서 한 선택이 아니었던 것임은 분명해요.

남편인 요시마사의 성격도 검토해볼 필요가 있겠어요. 미적 취미는 뛰어났지만 남자로서는 옆에서 보고 있노라면 화가 치미는 부류였는지도 모르니까요. 흔히 있잖아요, 남편한테 부족함을 느껴 아들에게 온 힘을 쏟는 타입."

은쟁반에 쌓아둔 점심이 좀처럼 줄어들지 않는다. 하여튼 장칭이 중국인의 위장에 맞추어 몇 인분이라며 보내준 덕분에 살찔 걱정은 해본 적도 없는 그녀들이 실컷 먹고도 은쟁반 위의 산은 약간 낮아졌을 뿐이다. '알바 공작'이 담겨 있는 술잔도 입으로 가져가는 횟수가 줄어들었다. 저녁식사 후 과자와 술을 함께하자고 초대했으니 밤이 깊어지는 것도 빠르다.

아침 일찍 집을 나가면 그뿐 귀가시간이 언제가 될지 모르는 소크라테스에게 푸념을 하면서, 그래도 결혼이란 무서운 것인지 어느 새 일찍 일어나는 것이 몸에 배어버린 크산티페가 제일 먼저 하품을 참기 시작했다. 한편 연회를 그 무엇보다 좋아하는 마리 앙투아네트는 밤이 깊어지면서 점점 더 생기가 넘친다.

"저, 클레오파트라 씨. 좀더 나은 여자는 없나요? 눈에 띄게 화려하고 미인에다, 죽을 때도 여왕처럼 당당하게 살해당한 그런 사람."

일동은 유쾌하게 웃었고, 클레오파트라도 따라 웃으며 다시 이야기를 시작했다.

"그러자면 역시 요도기미(淀君)일까, 프랑스 왕비님께서 내놓으신 조건을 충족시킬 여자라면?"

"어머, 그 사람이라면 만난 적이 있어요. 언제였던가, 지옥 국제교류기금이 주최한 파티에서 농민 여자와는 동석할 수 없다며 분연히 자리를 뜨고 돌아가버린 사람이라서 기억하고 있어요."

마리 앙투아네트가 말했다.

"어머, 농민 여자를 초대했었어요?"

"원래 신분을 거슬러 올라가면 그렇지만, 나중에는 간파쿠(關白: 성인이 된 천황의 최고 보좌관 또는 섭정－옮긴이)가 된 도요토미 히데요시(豊臣秀吉)의 부인이니까."

"옳거니, 본처가 있었군요. 하지만 왠지 재미있는 여자 같지 않아요?"

클레오파트라가 다시 이야기를 처음으로 돌렸다.

"재미있을지 어떨지, 그건 지금부터 정하기로 하고 먼저 그녀에 대해서 간단히 설명할게요.

요도(淀) 성의 여주인이 된 요도기미로 또는 요도도노(淀殿)로 불리기 이전에는 차차(茶茶)라는 이름으로 불렸던 이 사람. 16세기에서 17세기에 걸쳐 일본에서 태어나 기구한 운명을 지닌 여성 중에서는 첫째로 꼽힐지도 몰라요. 아사이 나가마사(淺井長政)와 오다 노부나가(織田信長)의 여동생 이치(市) 사이에 태어난 세 자매 중 장녀로, 아버지가 숙부에게 멸망당한 다음, 시바타 가쓰이에(柴田勝家)와 재혼한 어머니와 함께 살지요.

그런데 이 양부도 히데요시한테 살해당하고 말아요. 어머니

이치는 또 다시 남편을 잃고 홀로 살아남는 것이 싫었는지 가쓰이에와 함께 세상을 하직하고 말지만, 딸 셋은 히데요시가 거두지요. 그때 이미 차차는 결혼 적령기가 지나려는 열여섯 살이었어요.

여동생 둘은 원래 평범했는지, 순순히 교고쿠 다카쓰구(京極高次)와 도쿠가와 히데타다(德川秀忠)에게 시집갔는데, 차차만이 히데요시의 측실이 된 거예요. 서른한 살이나 차이가 나는 히데요시가 그 무렵 일본에서는 최고의 권력자였거든요.

이 요도기미에게 아들이 태어난 뒤 측실인 요도기미가 사실상 일본의 퍼스트레이디가 된 것은 그때까지 아이가 없던 히데요시의 기쁨을 생각하면 뭐 당연한 일이겠지요. 본처이기는 하나 기타노 만도코로(北政所: 간파쿠의 정실부인―옮긴이)는 딸조차 낳아주지 못했으니까요.

그런데, 도요토미 히데요시는 1598년에 예순두 살의 나이로 죽고 말지요. 최대의 보호자를 잃은 요도기미는 서른한 살로 여자로서는 한창 나이. 아들 히데요리(秀賴)는 아직 다섯 살의 꼬마.

그후 그녀가 하는 일 모두 다섯 살짜리 어린 아들을 데리고 열심히 사는 미망인의 전형적인 모습을 보는 것 같아 동정을 금치 못하겠지만, 2년 후에 세키가하라(關ヶ原)의 전투(1600년 세키가하라에서 도요토미 편인 이시다 미쓰나리가 이끄는 서군과 도쿠가와 편인 동군이 천하를 다툰 싸움으로 동군이 대승, 도쿠가와는 천하의 실권을 잡는다―옮긴이)를 맞아야 했지요."

"물론 패했겠네요."

"네, 그 결과 히데요리는 60만 석의 토지를 소유하는 일개 다이묘(大名: 넓은 영지를 가진 영주－옮긴이)의 지위로 전락하고 말았어요.

그런데 이때부터 도쿠가와 이에야스(德川家康)가 상대의 급소를 서서히 조이기 시작했어요. 아직 열 살인 히데요리와 손녀딸 센(千)을 결혼시키는 등 갖은 속임수를 써가면서. 그리고 1614년의 오사카(大阪) 겨울 공방전, 다음해 오사카 여름 공방전으로 도쿠가와 이에야스는 도요토미를 완전히 멸망시켰지요.

요도기미는 아들 히데요리와 함께 타오르는 불꽃에 싸여 자결하고 말았어요. 요도기미 마흔여덟 살, 히데요리 스물두 살 때의 이야기였어요. 이상 끝."

"히데요시가 죽은 다음 금방 와르르 무너져 내린 느낌이었는데, 의외로 오래 갔네요."

감탄한 듯 중얼거린 것은 마리 앙투아네트이다. 거기에 클레오파트라는 딱 잘라 덧붙였다.

"하지만 그건 그녀의 처세술이 뛰어났다기보다 상대방이 두견새가 울지 않으면 올 때까지 기다려보자는 식의 느긋한 남자였기 때문이 아닐까요.

게다가 당신의 경우도 프랑스 혁명 발발로부터 처형되기까지 몇 년 걸렸는지 알아요? 4년이나 걸렸어요. 역사는 중요한 사항만을 쫓아가는 경향이 강한 후세 사람들이 보면 전부가 급격하게 진행되고 있는 것 같지만, 실제로는 달라요. 거리의 관념을 느끼게 해준 역사문학은 있지만 시간의 관념까지 느끼게 해준 것은 정말 적으니까요.

요도기미 역시 젊어서 화려하게 죽은 것 같지만, 실제 나이는 마흔여덟 살이었어요. 사십대라 해도 쉰이 가까웠다고요. 고뇌 끝에 처형된 당시에는 백발이 되어버렸다는 당신도 서른여덟밖에 안 되었는데 말이에요."

"하지만 그녀를 만났을 때 이십대 중반으로밖에 안 보이던데요."

웃음을 터뜨리며 말참견을 한 것은 트로이의 헬레나이다.

"마리 씨, 잊으셨나요. 여기 지옥에서는 누구나 자신이 좋다고 여기는 나이로 살 수 있다는 것을. 당신도 가장 화려한 프랑스 왕비 시절인 이십대 전반의 나이잖아요. 저도 트로이의 왕자 파리스와 사랑하던 무렵의 나이를 선택했어요."

"그러네요. 요도기미는 아들을 낳은 무렵의 그녀로 있고 싶었던 거로군요, 틀림없이."

"그건 그렇고."

마리 앙투아네트가 말을 계속 잇는다.

"클레오파트라 씨, 당신은 어째서 카이사르를 처음 만난 스무 살이 아니라 자살한 나이 서른아홉 살을 택하셨나요?"

"저는 항상 여왕이었고 여왕으로서 죽었어요. 죽을 때야말로 가장 화려하게 각광을 받은 때였거든요. 게다가 그 나이가 마음에 들어요. 이십대의 저는 연꽃처럼 아름다웠지만 진정한 여자는 아직 아니었다고 생각하니까요."

"그건 그렇고"라며 말을 꺼낸 것은 이번에는 크산티페였다.

"요도기미는 정식으로 결혼하려고 마음만 먹으면 상대는 얼마든지 있었을 텐데 어째서 서른한 살이나 차이가 나는 히데요시의 첩이 된 걸까요?"

이에 대답한 것은 클레오파트라다.

"제가 생각하기에 요도기미라는 사람은 동시대의 왕족이나 귀족의 딸들보다 훨씬 정신적으로 귀족적인 여자였다고 생각해요. 그리고 그런 여자는 귀족적인 정신을 유지하기 위해서는 밑에서부터 치고 올라오는 남자를 이용하는 것쯤 아무것도 아니에요. 사람 좋은 기타노 만도코로의 권유를 감사하게 받아들여 일개 다이묘에게 시집가는 것 따위는 요도기미한테는 따분한 일로 여겨졌던 거겠지요.

사천왕(동서남북 사방에서 국가를 수호하는 네 신—옮긴이)의 하루는 인간계의 50년에 해당하니, 이에 비해 인간의 목숨은 얼마나 덧없는 것인가 하는 노래 한 구절을 유명하게 만든 것은 그녀가 아니라 숙부인 노부나가였지만 상당한 허무주의자였던 것은 요도기미 역시 마찬가지였지요. 피는 속일 수 없는 것 같아요. 승리해서 천하를 얻으면 다행이고, 실패하면 그걸로 끝이라는 생각으로 상당히 자포자기해버리는 면이 많았던 여자가 아닐까요, 외삼촌을 닮아서 말이에요. 그러니까 기타노 만도코로와는 성격적으로 맞을 리 없지요. 저쪽은 반대로 아주 안정지향형이니까."

같은 생각이라는 듯 고개를 끄덕인 것은 마리 앙투아네트였다.

"전 기타노 만도코로라는 여자가 아주 싫어요. 요도기미가 자리를 뜬 그 파티에서도 누구에게나 저자세를 취해서 참석했던 사람들이 역시 자기 분수를 잘 알고 있군 하며 감탄했어요. 어디서나 누구에게나 자기만 좋은 사람으로 보이고 싶어하는 타입이에요."

그러자 이때 테오도라가 말했다.

"하지만 요도기미라는 사람, 히데요시가 죽은 다음 참모 선택을 잘못했어요."

"그래요. 그 사람은 정치적인 재능이 없었던 것 같아요.

저는 요도기미에게 어느 정도의 재능이 있어도 결국 결실을 보지 못했을 거라고 생각해요. 이에야스는 무슨 일이 있어도 히데요시를 멸망시킬 작정이었을 테니까, 오사카 여름 공방전은 피할 수 있었다 해도 언젠가 도요토미 가문은 영지가 바뀌든가, 몰수 등에 의해 자취를 감추었을 거라고 생각해요. 이에야스는 오사카 여름 공방전 일 년 후에 죽으니까, 그때까지 어떻게든 버티다가 이에야스가 죽자마자 대담하게 잃은 땅을 만회한다면 별개지만요."

이런 이야기가 나오면 언제나 클레오파트라가 대화의 주도권을 잡고 만다. 다른 여자들은 크산티페를 제외하면 미모는 뛰어나지만, 실제로 국제정치의 피비린내나는 전투를 겪은 경험이 없기 때문에 그저 맞장구나 칠 수밖에 없는 것이다.

야행성인 마리 앙투아네트도 마침내 피곤해졌는지 부채 뒤에서 작은 하품을 삼키기 시작했다. 이제 슬슬 수다떨기도 마감할 시간이 온 모양이다. 이 밤의 주인격인 클레오파트라가 총정리라도 하듯 말했다.

"이렇게 보면 장칭 씨를 초대할 때처럼 이 사람이다 할 정도로 정평이 난 여자가 없네요.

재미는 있지만 어딘지 어설픈 느낌이고. 차라리 가스가노 쓰보네(春日の局: 도쿠가와 바쿠후의 제3대 쇼군인 이에미쓰의 유모라는 지위를 남용해 에도 성의 쇼군 부인이 있던 궁중을 통솔한 인물－옮긴이)는 어떨까요?"

"안 돼요! 그런 사람을 부르면 흥이 깨지고 말아요."

비명을 지른 것은 마리 앙투아네트다. 방안에 순식간에 폭소가 일어났다. 크산티페도 웃으면서 참견을 했다.

"일본에는 어쩐지 악녀가 없을뿐더러 악처도 없는 것 같네요."

이때, 저 멀리 지구의 반대편으로 여겨지는 곳에서 힘껏 외치는 목소리가 들렸다.

"여러분, 결론을 서두르지 마세요! 저, 한 사람 알고 있어요. 악처라면 합격선에 이를 만한 일본 여자를."

일동은 서로 얼굴을 마주보았다.

"누구지, 저 목소리의 주인공은?"

"모르겠어요. 하지만 지상에서 들리는 소리 같아요."

그때 클레오파트라의 비서가 주인의 귀에 대고 뭔가를 속삭였다. 뭐야, 하는 표정을 지은 것은 클레오파트라다. 그리고 일동을 향해 말했다.

"시오노 나나미의 남편이래요."

자유로운 상상 속에서 다시 태어난 지중해의 인물들

▪옮긴이의 말

『로마인 이야기』를 비롯해서 『바다의 도시 이야기』 『신의 대리인』 등을 읽어본 독자라면 시오노 나나미가 얼마나 정치하게 사료를 해석해내는지를 알 수 있을 것이다. 역사 에세이스트는 사료가 말하는 진실에서 절대로 벗어날 수 없는 숙명을 끌어안고 작업에 임해야 한다.

그러나 어느 순간, 시오노 나나미는 그 같은 사료의 속박에서 벗어나 자유로운 상상의 세계 속에서 그 인물과 사건들을 재구성해보고 싶어졌던 것 같다. 이미 결정나버린 그들의 삶이지만, 상상의 세계 속에서는 얼마든지 새로운 길을 걸을 수 있고, 또 다른 인격으로 태어날 수도 있다.

그 같은 자유로운 상상을 거쳐 새로 태어난 네로 황제의 뒷이야기는 기발하다 못해 당돌해 보일 정도다. 오디세우스의 아내는 우리의 통념과는 달리 남편에 대한 푸념의 결정체와 같다.

또 오로지 아들 잘 되기만을 바랐던 유다와 성 프란체스코의 어머니는 오늘날 신문지상이나 뉴스에 흔히 등장하는 흥미로운 인격이다. 시오노 나나미의 짓궂음은 우상파괴의 충동이 작용한 것 같다.

살로메 유모 이야기는 특히 흥미롭다. 오스카 와일드의 시나 리하르트 슈트라우스의 오페라를 보면, 관능의 포로가 된 살로 메가 요한의 사랑을 갈구하다 거절당하자 격분한 나머지 그의 목을 자르게 하는 광기에 넘치는 여인으로 묘사되고 있다. 그러 나 여기에 등장하는 살로메는, 요한을 체포해놓고 처형하기를 주저하는 아버지 헤로데 왕의 미묘한 입장을 고려하여 춤의 대 가로 요한의 목을 요구하는 효녀다.

인간미라고는 눈곱만큼도 없는 예수는 또 어떤가. 자식을 걸 림돌로 취급했던 석가모니의 예를 들 것도 없이, 위대한 종교의 창시자는 가족이란 제도와 관습을 절대적 자유를 저해하는 요 인으로 보았다. 가족을 넘어선 사랑이 예수로 하여금 정나미 없 는 인간이 되게 한 건지도 모를 일이다.

클레오파트라에서 중국의 장칭(江青)에 이르는 여인들은 거 의 현실주의자로 묘사되고, 유다, 예수, 칼리굴라 황제, 알렉산 드로스 대왕, 단테와 같은 남자들은 주로 이상주의자로 묘사되 는 대비도 재미있다. 현실과 이상이 이렇게 성별에 따라 분배될 리야 없겠지만, 아마도 작가는 이런 대비를 통해 자신의 테마에 강한 인상을 주려고 했을 것이다.

역사 속의 주요 인물이나 사건에 대해 우리는 거의 정해진 이 미지를 가지고 있다. 아마추어로서 우리 독자는 역사가의 조사 연구와 해석을 통해 그런 이미지를 가질 수밖에 없기 때문이다.

그런 점에서 시오노 나나미나 우리는 별 차이가 없다. 다만, 작가는 그런 답답한 해석의 틀을 깨부수고 자기 나름대로 그 인물들의 삶을 재구성해낸다. 그런 소설적 행위 자체가 이 글을 읽는 이에게 어떤 해방감을 줄 수 있도록 말이다. 그러므로 우리는 시오노 나나미의 과격한 역사 파괴 작업을 마음껏 즐기면 될 일이다.

2004년 9월
도쿄에서 백은실

지은이 시오노 나나미

시오노 나나미(塩野七生)는 1937년 7월 7일 도쿄에서 태어나
가쿠슈인(學習院)대학 철학과를 졸업한 뒤 이듬해인 1964년 이탈리아로
건너가 어떤 공식교육기관에도 적을 두지 않고 혼자서 공부했다.
서양문명의 모태인 고대 로마와 르네상스의 역사현장을 발로 취재하며
40년이 넘는 세월 동안 로마사에 천착하고 있는 그는 기존의 관념을
파괴하는 도전적 역사해석과 소설적 상상력을 뛰어넘는
놀라운 필력으로 수많은 독자들을 사로잡고 있다.
작품으로 처녀작 『르네상스의 여인들』을 비롯하여
『체사레 보르자 혹은 우아한 냉혹』(1970년 마이니치 출판문화상)
『바다의 도시 이야기』(1982년 산토리 학예상) 『나의 친구 마키아벨리』
(1988년 여류문학상) 『로마인 이야기』(제1~12권 · 1993년 신조학예상,
1999년 시바 료타로상 수상) 『신의 대리인』『르네상스를 만든 사람들』
등이 있으며, 『침묵하는 소수』『나의 인생은 영화관에서 시작되었다』
『사랑의 풍경』『살로메 유모 이야기』 등 다수의 에세이가 있다.
현재 필생의 역작 『로마인 이야기』 집필에 몰두하고 있다.

옮긴이 백은실

백은실(白銀實)은 경희대학교 일어일문학과를 졸업했다.
그후 쇼와(昭和)여자대학 대학원에서 일본 고전문학으로 석사학위를,
도요(東洋)대학 대학원에서 역시 같은 일본 고전문학으로 박사과정을 마쳤다.
경희대학교, 상명대학교 등에서 일본어 강사를 지냈으며,
지금은 일본 도쿄에 살면서 도쿄외어전문학교, 일본 외국어
전문학교에서 일한 · 한일 번역을 강의하고 있다.
옮긴 책으로 『사랑의 풍경』『살로메 유모 이야기』 등이 있다.